大江健三郎人生成长散文系列

康复的家庭

〔日〕大江健三郎 著

竺家荣 译

人民文学出版社

著作权合同登记号　图字01-2020-1284

KAIFUKU SURU KAZOKU
by OE Kenzaburo
Copyright © 1995 OE Kenzaburo
All rights reserved.
Originally published in Japan.
Chinese (in simplified character only) translation rights arranged with
OE Kenzaburo, Japan
through THE SAKAI AGENCY and FUTURE VIEW TECHNOLOGY LTD.

图书在版编目（CIP）数据

康复的家庭/(日)大江健三郎著；竺家荣译. --
北京：人民文学出版社，2021（2021.7 重印）
（大江健三郎人生成长散文系列）
ISBN 978-7-02-016059-4

Ⅰ.①康… Ⅱ.①大…②竺… Ⅲ.①散文集－日本
－现代 Ⅳ.① I313.65

中国版本图书馆 CIP 数据核字 (2020) 第 011990 号

责 任 编 辑	甘慧　胡晓明
出 版 发 行	人民文学出版社
社　　　　址	北京市朝内大街 166 号
邮 政 编 码	100705
印　　　　刷	上海盛通时代印刷有限公司
经　　　　销	全国新华书店等
开　　　　本	787 毫米 ×1092 毫米　1/32
印　　　　张	8.125
字　　　　数	108 千字
版　　　　次	2021 年 2 月北京第 1 版
印　　　　次	2021 年 7 月第 2 次印刷
书　　　　号	978-7-02-016059-4
定　　　　价	55.00 元

如有印装质量问题，请与本社图书销售中心调换。电话：010-65233595

中文版序

大江健三郎——为新人讲述智慧和教训的"拉比"

许金龙

记得是二〇〇七年的八月底至九月初,以色列著名作家阿摩司·奥兹先生偕同夫人前来中国社会科学院外国文学研究所进行学术访问,在一次午餐的餐桌上,这位老作家说起希伯来民族在历史上曾遭受诸多劫难,多次面临种族灭绝、文化消亡的危险,却总能在非常危难的险境下繁衍至今。究其原因,就是在任何时期,群居的希伯来人都会推举族群里最有知识和智慧的长者担任拉比,将历史、法典和智慧一代代传承下来。即便在今天的以色列这个现代国家里,拉比在社会生活中仍然扮演着非常重要的角色。当时我便插话说道:"奥兹先生,您以及大江健三郎先生、君特·格拉斯先生、爱德华·萨义德先生等人都是当代的拉比,在不停地为人们讲授和传承着历史、知识和智慧，当然，更是在不停讲述着历史的教训以及我们面临的危机。"奥兹先生当时似乎没再拘泥于礼节，用提高了许多的嗓门大声说道："对！对！正是如此！"

这里说到的大江健三郎先生，就是你们正要阅读的这套丛书的作者、诺贝尔文学奖获得者、日本著名作家大江健三郎。这位可敬的老作家今年已经八十四岁了，在自己的人生中积累了许多经验和教训，为了把这些经验和智慧以及感受到的危险告诉人们，特地为他所认定的新人，也就是象征着希望和未来的青年们，陆续写下了《在自己的树下》《康复的家庭》《宽松的纽带》以及《致新人》这四部随笔作品，并且请夫人根据文章的具体内容绘制出非常漂亮的彩色插图。遗憾的是，这套中译本丛书的出版者出于设计上的考虑，没有放入作者夫人的插图，但已请了国内插图画家精心绘制了封面图，这也是想让这套丛书展现出全新面貌的一个尝试，期待我们的读者会有较好的反馈。

当年在为前三部随笔撰写中文版序言时，大

江先生希望与"妻子一道，从内心里期盼这些作品也被翻译成中文并在中国出版……悄悄期盼着将来有一天能够把这四本书汇编成一套系列丛书"，而且，老作家"现在正想象着，这四本书汇编成一套丛书后，被中国的孩子以及年轻的父母们所阅读时的情景。在并不久远的将来，在东京，在北京，抑或在更为广泛的各种场所，假如阅读了这套丛书的日本孩子、中国孩子（那时，他们和她们已然成长为小伙子和大姑娘了吧），能够围绕这套丛书进行交流的话……啊，对我来说，这是至高无上的、最为期盼的梦境"。让老作家感到欣慰的是，由活字文化、九久读书人、人民文学出版社联合引进的这套《大江健三郎人生成长散文系列》就要与中国的读者见面了，他想要讲述的知识和智慧将被孩子们继承，他想要告知的历史将被孩子们传承，他想要告诫的危险亦将引发孩子们警觉……在孩子们的人生成长过程中，大江先生的这些讲述想必将发挥积极作用。

　　大江先生出生于日本四国地区一座被群山和森林围拥着的小村庄，人生中的第一位"拉比"

是家里的一位老爷爷——曾外祖父。这位曾外祖父年轻时经由日本古学派大儒伊藤仁斋的学系专门修习过儒学，其后终生从事儒学的教学和传播，并为襁褓中的健三郎命名为"古义人"，祈愿这个婴儿能够承接亚圣孟子的民本思想。当然，随着你们的成长，将会在《被偷换的孩子》和《愁容童子》等系列长篇小说中邂逅名为"古义人"的主人公，还可以从这位主人公的言行中，发现大江先生的先祖曾大力传播的民本思想和义利观……

大江先生的第二位"拉比"，是家里一位名为"毛笔"的老奶奶。这位老奶奶向儿童时代的大江极为生动地讲述了当地历史上的几次农民暴动，还述说了那片森林里的神话故事和民间传说，使得小小年岁的健三郎下意识地将自己的同情寄予为求生存而被迫暴动的农民，同时将那些暴动故事和森林中的神话改编为本人的故事，由此开始了自己的"文学创作"。

老奶奶去世后，母亲接替了老奶奶曾扮演的"拉比"这个角色。这位勇敢的母亲不去理睬战争时期那些宣传极端国家主义的所谓"国策"书籍，却从家里并不富余的粮食里取出一部分，徒步前往很远的地方换来《尼尔斯骑鹅旅行记》和《哈克贝利·费恩历险记》，使得少儿时期的健三郎得以沉浸在美妙的文学世界里。战争结束之后，母亲取出原本作为敌国文学而偷偷藏匿在箱底的《鲁迅选集》送给少年大江，作为他由小学升入初中的贺礼。由此，大江开始了对鲁迅文学作品不曾间断的阅读。七年后，大江考入东京大学，邂逅了人生中另一位"拉比"——法国文学专家渡边一夫教授，开始沐浴在人文主义的光辉之下……

在人生不同时期的"拉比"引导下，少年大江掌握了适合自己的学习方法，学会了慈爱、悲悯和宽容，同时形成了不畏强权、坚持真理的个性。在这一过程中，青年大江与热恋的姑娘由佳里小姐组建了家庭，有了他们共同的孩子，开始尝试着学习自己的那些"拉比"，把悲悯和宽容、知识和智慧教授给下一代，及至成为作家后，又将这一切反映在包括这套丛书在内的文学作品里。

在谈到如何更好地处理家庭成员间的关系时,大江先生根据自己的体验和感受,在你们将要阅读的《宽松的纽带》中这样写道:

我的两个发育正常的孩子一天天长大,他们很自然地开始支配自己的自由时间了。也就是说,他们正逐渐从我和妻子身边独立出去。看着这一变化过程,有时我眼前会出现一种充满真实感的影像,仿佛在我和儿子、妻子和女儿、女儿和儿子之间有一条宽松的纽带,把我们每一个家庭成员相互连接在了一起。尤其是次子已经长大成人,即将成为一名循规蹈矩的公司职员,假如连接我和他之间的纽带绷得太紧,他肯定无法忍受,我也会疲惫不堪的。

因此,我们家庭成员之间的联结,就像一条宽松的纽带,总是松弛地垂着,然而,必要的时候,一方就会轻轻一拽,让对方靠近自己,或者自己顺着纽带走近对方。即使不依靠这条纽带的引导，也能用眼睛确认对方所在的位置。这样的连接方式就更不会产生束缚感了。而且在生活中，若是面临犹如立于万丈悬崖般的危急关头时，万一一方将要滑落下去，另一方则可以从容地站稳自己的脚跟，以便用力拽住对方……

我现在把这个用宽松的纽带维系起来的家庭想象得非常美好。只是长子大江光有残疾，今后也不能独立生活，我们夫妻只能和他共同生活下去。其实我们觉得这倒是件幸运的事，尽管知道这种感情出于自己的私心。可以说连接着我和光以及妻子之间的纽带虽然不总是紧绷着，但也没有松弛地垂到地上。

日本自古以来就有一句谚语，表示世上存有三件可怕之事：地震、打雷、父亲！日本的父权思想之盛由此可窥一斑。不过在大江先生的家里，这条宽松的纽带取代了如同地震和打雷一般可怕的父权，将家庭成员温馨地连接在一起的，是父亲所给予的最大程度的慈爱和尊重。正是在这种充分尊重家庭成员的共同体里，半个多世纪以来，大江先生一直用慈父的爱心关爱着罹患智力障碍的儿子大江光，在你们将要阅读的《康复的家庭》一书里，当这位父亲面对"世界各国的康复医学专家"发言时，就曾"讲述了如何确切地揣摩弱智儿童的心理，以及这对于和还不会说话的儿子的共同生活，具有多么重要的意义；又讲述了后来我们通过孩子感兴趣的野鸟的叫声，开始了与他的交流，并且把这个过程写进了小说……如何表现我这个残疾儿子？如何解读在实际创作的过程中，残疾儿童与家人的共同生活？这些成为我的小说文本的双重文学课题。就是说，残疾儿子降生这一事件构筑了我的文学主题"。

起始于自家智障儿的文学关注和关爱，很快就扩展和升华至被其称为"新人"的世界各国少年儿童，为了他们不再惨遭南京大屠杀、广岛长崎原子弹轰炸和奥斯威辛集中营等二十世纪的人道主义灾难，为了不让他们因日本悄然复活国家主义并导致再次走向战争之路而遭受屠戮，这位老作家不断地向孩子们发出警告。在你们将要阅读的《致新人》中，这位老作家就如此告诫大家："我们虽然享受了科学进步的恩惠，但是科学家造出的核武器等带来了可能毁灭我们的危险。大量化学物质有可能使地球的环境变得人类无法居住，就连环绕地球的大气，都受到了科学生产出来的东西的影响。对于生活在科学不断发展中的人类来说，这是非常重大的问题。"尤其在二〇一一年三月十一日发生的东日本大地震、大海啸和福岛核电站大爆炸这一连串天灾人祸之后，老作家更是在现实生活中和文学文本里奔走呼号："人们啊，千万不要过于依赖核电站等最新科技设备而忽视其可能造成的巨大隐患乃至危险和灾难，更是不要提纯核电站的乏燃料制造核武器……"

自不待言，大江先生的这种高贵品质尽管为所有拥有良知的人所赞许，却也让另一部分人恼怒异常。你们将要阅读的《在自己的树下》中，大江先生这样告诫孩子们："早在你们出生之前——直到现在，就有人提出要写出新的历史教科书，他们现在都是和我同龄的老人了。他们说这是为了日本的孩子们，也就是为了你们，能够拥有一种尊严。他们打算怎么去写呢？那就是从历史教科书上，把有关日本侵略过中国以及亚洲国家的内容统统抹掉！"这里所说的想要从教科书里删除侵略历史的老人们，就属于恼怒异常的那部分人了。

这类人不仅要删改教科书中的相关历史记述，还把大江健三郎这位诺贝尔文学奖获得者、象征着人类文明和良知的老作家送上了法庭被告席，理由是大江先生在五十多年前出版的《冲绳札记》里，有部分内容谈到在二战末期，面对美国军队的进攻，日本军队曾强令冲绳当地居民集体自杀。在保守团体的支持下，曾参加冲绳之战的原日军军官及其遗族于二〇〇三年起诉《冲绳札记》的作者大江健三郎先生，说该书中的相关表述没有事实根据，要求停止出版并进行赔偿……

面对挑衅，大江先生没有逃避，而是选择了战斗，表示要将这场战斗一直打到底。这种"横眉冷对千夫指，俯首甘为孺子牛"的品质，让我们无法不联想到另一位可敬的作家——鲁迅先生。所以，在倾听大江先生这位"拉比"时，我们不但要善于学习大师的知识和智慧,还要继承他为了真理而战斗到底的优良品质。

二〇一九年十月十八日
于绍兴会稽山麓

目录

痛苦的人	1
谨直的幽默	13
击中中心	25
同情之心	37
承受残疾	49
啊,故乡正亮起灯火!	65
个性	77
没办法,干吧!	88
独立个性的裂缝	99
每个家庭都一样	111
异人	122
经过斟酌的话	134
残疾人十年	145
优情(一)	157

优情（二）	170
萨尔茨堡 —— 维也纳之旅（一）	183
萨尔茨堡 —— 维也纳之旅（二）	196
声音的表情	208
哭诉的灵魂	221
一切都完了	233

痛苦的人

1

二月中旬的一个早晨，我看到起居室门背面贴了一张祝贺妻子生日的卡片，这是我的家人互相祝贺生日的习惯做法。这张卡片是被我们叫作小胖的长子贴的，上面画着两个穿同样颜色衣服、高矮差不多的少女，正在给盛开的大朵黄花和蓝花浇水。花朵上和少女身上都写有UKARI，这是长子用罗马字母拼写的母亲名字，他一向这么称呼母亲。对不了解我家内情的人来说，会觉得有点不可思议。

长子出生时脑部发育不正常，做了畸形矫正手术后，又出现了癫痫病等新的症状。每次发病，医生都像亲人一般悉心治疗，这使我们家与一位医生结缘，这位医生名叫森安信雄，已经去世了。我以后还要详细介绍森安先生。在我的心里，先生首先是作为"文化问题"存在的。人生多际遇，从人际交往中可以学习纷繁多样的人类文化。我用这样的方式，把自己认为重要的问题统统作为"文化问题"来思考。森安先生使我知道了医生这个职业是个什么样的"文化问题"。

我的长子智力发育迟缓，虽说已经二十六岁了，可是相当于正常人的什么年龄，我们全家都没有仔细想过。但是，那天长子写在生日贺卡上的一段奇妙的话，比贺卡上的画儿更让我好奇。

"到了今年，过了很长时间，好像痛苦的人很多。由佳里，再忍一忍吧。让姥姥学会许多罗马字，这一天就很好过了。非常痛苦的不是妈妈，只是姥姥，我就放心了。"

我又看了一遍，惊奇地发现长子的语言仓库里还储存着"痛苦""痛苦的人"这些生疏的词汇。首先引起我注意的是"痛苦"这个词，因为以前从来没听他说起过。

这些平常不大用的词，不知通过什么途径收

藏在了长子的心里。每当他创作完一小段钢琴曲，给曲子起名字时，他的脑海里都会突然冒出一些词汇。比方说《悲伤》这首曲子吧。在此之前，他从来没有使用过这个词，包括其形容词的变化形态"悲伤的"。但是有一天，他在放在钢琴前的乐谱上，却工工整整地写上了《悲伤》这个题目。

语言这种东西真是不可思议，它使我经常想起窪田空穗[1]年轻时写的一首旋头歌[2]：

沉寂心海上，忽隐忽现浮沉间，一词在荡漾。

痛苦[3]这个词究竟是以什么形式或通过什么机缘传达给长子，存进他心里去的呢？这成了我们家一天的话题。可是，"痛苦的人"却是他独特的用法啊。难道能够说，这不是从他自己的内心涌

1　窪田空穗（1877—1967），日本近代著名歌人、国文学者。——译者注（本书注释如无特别说明，均为译者注。）
2　一种日本诗歌形式。
3　着重号为原书所加。下文同。——编者注

现出来的，而是从外面传进他耳朵里的词语吗？

长子在心里把外祖母叫作"痛苦的人"，家里人都很明白这个词的意思。我们现在和已年过八十五的岳母住在一起。她经常把客厅的拉门敞开，然后打开玄关的门，去迎接她脑子里能想得到的家人或者来访的客人。有时候连续几天，从早到晚，每隔四五分钟就去门口一趟。

岳母是伊丹万作的遗孀。即使作为亲属，我们也想用"伟大"来称呼这位电影导演，他的最后一部作品是《无法松的一生》。岳母还记得伊丹是在日本战败前后、患肺结核卧床不起时，创作的这部由阪东妻三郎主演的电影剧本。

伊丹万作制作出非常详细的剧本绘画分镜头，对角色分配也相当用心，他的儿子伊丹十三导演说，只要把演员定下来，这部电影也就等于基本完成了。导演拿到剧本绘画分镜头后，就立即开机拍摄。我还是学生时，曾经仔细看过这个剧本。

电影中的那位出身名门、品行端庄、又不乏幽默感的军官遗孀，是伊丹万作以自己的妻子为模特儿塑造的人物形象。伊丹十三曾对他的妹妹——我妻子说过,电影里的军官遗孀与她儿子之间的关系,其实是父亲为妻儿留下的教育规划。

外祖母年轻的时候,应该说直到十年前,在家人和老朋友看来,她的品行简直与电影里受到无法松仰慕的军官遗孀没什么两样,而现在,长子觉得外祖母是"痛苦的人"……

按照文意来看这段文字,长子所写的"由佳里,再忍一忍吧"这句话,似乎含有黑色幽默的意味。但他想要表达的意思应该是,由于这种痛苦的疾病已经持续了很长时间,所以很快就会康复的。

之所以这样说,是因为对长子来说,人的死亡,特别是森安先生的去世,是他最害怕、最拒绝面对的事,也是最大的遗憾。贯穿于我正在写作的一系列文章的主题是:每个人——包括其家人,从生病到康复的整个过程中,都会伴随着真正的喜悦、成长和人格的完成。虽然长子无法用准确的语言表达出来,但他通过自己的身体,应该已经深刻而明显地感受到了这一点。

然而,患上没有康复希望的疾病,或者渐入

老境后，不仅是肉体，连精神也慢慢衰弱下去，这是何等痛苦啊！"到了今年，过了很长时间，好像痛苦的人很多。"这种痛苦的衰老之终点就是死亡，如果不相信灵魂救赎和彼岸世界，其本人和家属的心灵怎能得到真正的安慰呢？即使是不治之症，当病情略有好转时，哪怕像小阳春天气那么短暂，都会给家庭带来极大的鼓舞。

尽管现在我还无法谈论灵魂救赎和彼岸世界，但是智力低下的儿子感觉到外祖母是痛苦的人，使我依稀看到了从他们二人的关系中浮现出来的朦胧之光。

2

前年，我和妻子自费出版了长子光创作的钢琴曲作品集。我为作品集写了后记，想把长子患有残疾以及音乐对于他的意义告诉读者，现转抄如下。

光出生的时候，脑部发育不正常。确切地说，经过手术，他才活在了这个世界上。

手术之后，森安信雄博士一直为光进行治疗。森安先生去世的时候，光写了一首《给M的安魂曲》。这首乐曲的旋律充满真诚而又深切的悲伤，使我们一家人感到无比震惊。透过他创作的音乐，可以感受到他内心深处的情感。

据妻子回忆，尽管光的智力发育迟缓逐渐显现出来，但从婴儿期开始，他就对音乐具有敏锐的反应。三岁的时候，光一听到贝多芬的音乐，就发出"贝——贝——"的声音；一听到肖邦的曲子，就发出"邦——"的声音。同样对于妻子来说，头一个孩子就是残疾儿童，作为年轻的母亲，她一定发现了，从在婴儿床边听到的音乐中，可以获取激励自己的力量。

我这个年轻的父亲，当然也一直陪伴在光的身边。发现光对鸟的鸣叫声显示出兴趣后，我便买来一百多种野鸟叫声的录音带让他听。那是光五岁的时候，我和他在森林里的小木屋中，偶然听见鸟叫声，光缓慢地开口说:"这是——秧——鸡。"他的语调就像是录音带里的解说员,这是光第一次用有意义的词语和我们进行交流。

然而,光进入小学特殊班和残疾儿童学校中级班以后,对鸟叫声逐渐失去了兴趣,开始喜欢音乐了。他一天到晚都在听贝多芬、肖邦、莫扎特、巴赫等音乐家的作品。

自从跟着田村久美子老师学弹钢琴后,光开始自己作曲了。残疾对光的身体动作也会有影响。久美子老师并不拘泥指法的练习,而是想方设法地把光引向自己选和弦、编旋律的方向。终于有一天,我和妻子惊喜地看到了他用豆芽似的细长音符写出来的第一首曲子。

我总是坐在不远的地方一边看书,一边听着久美子老师给光上课。我从中感受到了光通过音乐,生动而又充满自信地表现出来的人最美好的素质。每当听到久美子老师以及给我们巨大鼓励的其他音乐家演奏光的作品时,我都会为光那丰富的内心世界而感动不已。

若没有音乐，光内心的丰富情感，恐怕一生都无从表达，而我和妻子、光的弟弟妹妹也绝对无法了解他的内心。我不信仰任何宗教，但我必须说，从音乐里我发现了Grace，这个词可以理解为优雅的品格，也可以理解为感恩的祈祷。我倾听着光的音乐以及音乐之中超越世俗的内涵。

钢琴曲作品集里收入了十六首曲子，每一首曲子都鲜活地反映了长子与家人共同生活过来的各个场景。自长子出生以后，我和妻子，尤其是妻子，为了他几乎是马不停蹄地四处奔波，尽管如此，在每一阶段的间歇，也有歇歇脚喘口气的时候。有智障的光的音乐所表现出来的，正是在这种间歇时的感觉，这使我觉得非常有趣。

光以小学"特殊班"毕业那一天的情景为主题创作了《毕业》，进入残疾儿童学校高级班以后，他为学生节创作了《青鸟进行曲》——这所都立学校名叫青鸟残疾儿童学校。当然表现这种间歇的,并不止这些能明确回忆起日期的曲子。

例如《北轻井泽之夏》这首曲子,我在倾听一位钢琴演奏家朋友录制这首曲子时,恍然进入了另一个时空——在北轻井泽的别墅里度过的几个夏天。那个时候,妻子常常给北轻井泽的花草写生,也给孩子们写生。每当看到这些画册,那些夏日的情景便一幕幕浮现在我眼前。

今年考入大学理科的次子跟我们说,他在小学一年级的时候,曾写过一篇作文《马拉松》。光升入中学的那年夏天,女儿在读小学。他们三个人每天早晨从半山坡的林间别墅出发,一路"马拉松"到网球场旁边泉水淙淙流淌的地方。

女儿只要和光一起跑步就很满足了,完全不想跟哥哥争胜负。今年她就要大学毕业了,做事谨慎小心。回想她小时候总爱哈哈大笑的个性,变化之大,让人觉得不可思议。次子总想要超过哥哥,第一个回到母亲种有败酱草、桔梗的别墅院子里,为此冲刺过好几次。不过,还是光经常夺得"马拉松"的第一名。

现在回想起来,那时候光的运动能力是最好

的。后来由于癫痫病经常发作，体重也增加了很多，再来北轻井泽别墅时，他就不和弟弟妹妹一起去跑步了。对于光来说，十岁到十二三岁时，跑步给他带来了愉快，从这个意义上说，这是他人生的最好时期。

对我和妻子来说也是这样。那时候，妻子一边拿着写生画册给花草写生，一边等着孩子们"马拉松"回来，我坐在旁边的长椅上看书。现在，有如盛夏的人生早已逝去，光的病情也越来越严重，我和妻子正循着大自然的规律慢慢走向人生的秋天和冬天，我们的生命力正朝着必须忍受人生晚年的"痛苦的人"的方向发展……

外祖母在身体和精神好一些的时候，会到起居室里来，用哄小孩儿似的温柔而又威严的口吻，告诉光电视台什么时间播放古典音乐节目，光也像幼儿那样温顺地回答。一天傍晚，外祖母每隔两三分钟就来起居室一趟，叫妻子把水倒进各式各样的小容器里。在妻子没完没了地应付外祖母的时候，光一直低着头躲在角落里。那个时刻，他的内心是否浮现出了"痛苦的人"这个词语呢？

　　到了第二天早晨，当外祖母又恢复了她原有的老年人的严肃和温柔后，叫光时，光也同样很规矩地答道："是！"

谨直的幽默

1

每隔四周,我都要去板桥的一家大学附属医院一趟,给光取预防癫痫病发作的药。长此以往,已成了日常习惯,从来没有忘记过。有一次,家里的药只够吃到星期天早晨,于是我星期六去医院取药时,碰上医院休息,弄得十分狼狈。

医院里空空荡荡的,我在医院里的汽车站正一筹莫展,一位住院的老人出来散步,问我怎么回事后,让我去地下一层的急诊挂号处看看。在那儿,医生给我开了一天的药。我正要离开时,一位负责人模样的护士严厉地警告我说,以后务必提前来取药。

有了这次教训,每个月快到月底的时候,家

里人都会互相提醒,该谁去取药——自然要避开星期六。每次取药得花费一上午的时间,不过,当我发现在医院里看书,其实和在书房里看书没什么区别后,就主动要求去取药了。

有一回,我在医院外面的大药房等了近一个小时,听见穿白大褂的年轻药剂师叫光的名字——处方上写的当然是儿子的名字,我走到柜台前,他很和气地对我说道:"配这种药费时间,请您用完午饭后再来取吧。"其实,刚才我已经从对讲机里的对话中听见,好像是配这几种药时出现了差错,我觉得这位年轻药剂师不够诚实。

我又返回医院,去了餐厅。我已经在这儿吃了二十多年各种饭菜了。这儿的三明治与别处不同,有种特殊的芥末味,使我不禁回想起光动手术前后的幕幕往事。那天,餐厅人很多,我坐在最靠边的餐桌用餐。我旁边的餐桌旁,坐着三个穿白大褂的年轻医生,一边吃饭一边压低声音议论着什么,好像说的是给一个脑病患者——不知道是小孩还是大人动手术的事,其中一个人说"那个患者手术就算成功了,也不能成为正常人回到社会里来，真是徒劳啊"，等等。

在那之前不久，我在名古屋参观了收治重残儿童的医院。我还记得当时看到的情景。病房里弥漫着好闻的气味，一个患有自闭症的孩子一动不动地躺在干净的床上。这个孩子明天要接受肠道手术，医生在床边躬下身子，正在给孩子鼓劲儿。尽管孩子不具备语言理解能力，医生却耐心地告诉一声不吭的孩子，怎样发现了他的肠道异常，以及要忍受手术的痛苦，等等。我一边吃着咖喱饭一边回想着当时给我留下深刻印象的那个情景。现在，旁边那三位年轻医生也给我留下了因工作辛苦而显得疲惫的印象，当然，我没有勇气和他们打招呼。

那天，我为取药耗费了大大多于以往的时间才回到家里。第二周，儿子因感冒引起发烧，就没去残疾人职业培训福利院上班。第二天或是第三天的深夜，我被他剧烈的咳嗽声弄醒，便来到他床边。只见儿子满脸通红，睁着一双湿润的眼睛，盯着空中。平时我总是把他当作孩子，甚至当作幼儿一样来对待，而此刻，面对凝神思索自己内心异常的儿子时,忽然间感到,他完全像个与实际年龄相符的独立的人了。

接下来,儿子表现出了祈求尽快从肉体的痛苦和精神的不安中摆脱出来的情绪。我只能在一边瞧着儿子,帮不了他什么忙。上一周在医院取药时被压制住的怒气,不由得再度升腾起来。我当时想必也和儿子一样,满脸通红,呼吸急促吧。但是,躺在我眼前、忍受着发烧痛苦的儿子本身却使我平息了怒火,镇定下来。

儿子不停地咳嗽着,我能做的只是给他枕边的杯子换了水,又给他盖好毛毯,然后,关上灯回到自己的卧室里。此时,我发觉这个星期一直堵在自己胸口的郁结已经解开了,我心神平和地躺到了床上……

2

长子光出生的时候头盖骨异常,医生把长在脑袋外面的瘤子样的东西切除后,用塑胶板修复了缺陷部分。经过这些手术以后,他才得以真正在这个世界上降生。我曾经多次写过,为光做手术、手术以后长期为光做定期检查并一直给予光莫大鼓励的，是日本医科大学附属板桥医院脑外科医生森安信雄博士。受到森安医生医治和鼓励的不仅是长子光一个人，作为我们家庭的心灵医生，森安先生也给了我们全家人许多安慰。

森安先生几年前去世之后，他的夫人给我寄来三张森安先生的日记复印件。和其他学者、作家的日记体裁不同，他使用的日记本格式非常实用，字迹十分工整，体现了先生严谨的风格，多年来先生都是这样持之以恒地写日记的。夫人寄来的是记述了有关我和光部分的日记复印件。我想，大概这是夫人在先生去世后，仔细阅读他的日记时发现的吧。

第一页的很多记述中涉及我的只有一句话：

> 这位年轻的作家经过一番犹豫之后，终于下决心同意为儿子做手术。

这段叙述虽没有表露感情或加以评判，却给我以震撼。不动手术的话，光就不能存活。那段时间，年轻的父亲对是否动手术犹豫不决，这些事实被记录在了森安先生的日记里。我常想，超越人类的东西如果存在的话，仅仅这一事实，就使我在它面前抬不起头来，好在犹豫不决之后的抉择使我感觉自己得到了重生。

第二页日记记录了森安先生参加我的获奖作品《新人啊，醒来吧》（以光为主人公）的颁奖仪式后的感想。上面先写了我在颁奖仪式上讲的一句话：

> 是妻子和给我的儿子做手术的森安博士一直支撑着我和儿子。

然后先生写下了自己的感想：

> 余亦诊视光君二十载，仍远不及大江先生关爱光君之切。读先生作品及评论多篇，方知父母之情与医生多有相通之处。余衷心祝福大江夫妇并光君。

我写的东西能得到森安信雄先生这样的医学专家的评价，实在是我此生的荣幸。然而第二年，先生病倒了。我闻讯非常吃惊，立刻赶去医院探望先生，也不顾能不能见到。这第三页日记上，就是先生这天的记录。

  大江先生前来探视，门诊菅原博士引至病房。先生似颇为余担心。余告拟六月静养一月，之后会用电话随时了解光君病情，始安心。临别送余新作《解读渡边一夫》。暑假拟细细阅读。

  门诊定有许多患者等余问诊，余甚着急，切望早日病愈，不使患者失望。此乃身为受患者信赖之医生，长久以来，于余内心自然形成之自觉。反躬自省，当更精益求精。

3

我加入由政治学家、经济学家、社会学家组成的"思考和平会"已有六七年的时间了。该会的主要召集人是经济学家、近代基督教史专家隅谷三喜男[1]博士。

在该会成立几年后的一次年终聚会上,隅谷先生亲手发给每人一张印刷品。记得好像是聚会快要结束时发的。在回家的地铁里,我掏出来一看,大为吃惊,同时也深受感动。

上面写的大致内容是:从最近一些媒体的报道中,想必各位已然知道,本人确实得了癌症。但医生说我目前的状态还可以工作,于是我制定了五年规划,想集中力量把手头的事情做完,有的工作只能割舍了。核武器是世界的癌症,必须花大力量废除,因此,我打算继续推进废除核武器的运动……

当时,隅谷先生是东京女子大学的校长。我曾经应在该校教授法语的前辈之邀,去那里做过一次题为《无信仰者之祈祷》的演讲。由于这个关系,我和隅谷先生还上了电视的对话节目。为

---

[1] 隅谷三喜男(1916—2003),日本著名经济学家,毕业于东京大学,战后因投身和平运动而闻名。历任多个政府和民间职务,曾捐助中国留学生,与中国学术界有着密切的交流,著有《隅谷三喜男著作集》。

此，我专门阅读了先生的大作《日本近代基督教史》，受益匪浅。

先生指出，纵观我国从明治以来直至战败的教育史，正是基督教徒在对极端国家主义势力进行着实质性的抵抗。时至今日，也仍然是基督教徒能够对尚不能称为"极端"国家主义的新国家主义向教育的渗透进行意义深刻的批判。

我既非基督教徒，也非佛教徒。我上面的演讲大意是，即使是像我这样的无信仰者，也具有可称为"祈祷"的心灵体验，并且在我的人生旅程中，因为长期与残疾儿子共同生活，我得以不断感受到这种体验。

每次见到隅谷先生，我总能够感受到有信仰的人所抱有的人生态度和生活方式。这种感受也引导我获得最深刻的人生感动。与此同时，我的内心也不知不觉地萌生出一些奇妙的想法。

我曾想过如何用自己的话来概括隅谷先生的人格。这也可以说是我作为小说家长期养成的生活习惯。不仅是对人，即使看见街上的榉树长出了碧绿的嫩芽，尽管每年都会看到它们，我仍然想写一篇短文来表达自己对这些树木的感受。我对浮现在脑海里的文章总是要反复进行删改，直到文体成形……

对于隅谷先生，我找到了"谨直的幽默"这个词来概括。不知道这个平时不用的词语何以会出现在自己的脑子里。我想查一下它的意思，于是翻开了手边的词典一看，有的解释为"谨慎正直"，有的解释为"耿直"。正是如此！每次聚会时，隅谷先生简短的总结发言中都体现了他那谨慎正直的幽默。我和他住在同一条铁路沿线上，偶尔换车时，会在站台上相遇，他那副耿直的面容令我畏缩，不敢上前打招呼。然而从远处看，先生的举止动作里却含有某种令人愉悦的幽默，使我一整天都心情愉快。那么，先生究竟是对什么如此地谨慎正直呢？可以说是对基督教的主吧……

我心里的奇妙想法又是什么呢？我觉得以前也遇到过这样具有"谨直的幽默"的高贵的人，毫无疑问，那一定是森安信雄先生。森安先生已经去世了。有一年在森安先生的忌日，我和妻子去拜访他的夫人。听他夫人说，森安先生和隅谷先生是同一所中学、同一所高中的学生，而且还是同一年级的。这令我甚为惊讶，又觉得并非偶然。

森安先生和隅谷先生在我心里形成的"谨直的幽默"的印象，是不是扎根于他们青少年时代所受到的学校教育呢？森安先生的夫人出生于基督教信徒的家庭，她本人也信仰基督教，但先生似乎与教会没有关系。所以我首先想到的是，森安先生与隅谷先生青少年时期的教育环境才是连接他们的纽带。

森安先生的确是一位谨直的人。我陪同长子去先生的医院就诊时，长子每次都兴奋得手舞足蹈。光生性幽默，他自己很清楚这一点，也有心想让先生高兴高兴。他说话、动作经常逗得先生呵呵地笑。不过，先生对陪在一旁的我总显得比较冷淡。先生去世后，我才从他的日记里得知，先生不仅对我的长子，对我也非常关心。先生对待光的态度里充满了自然而又高雅的幽默……

如果说隅谷先生是对基督谨慎正直，那么森

安先生又是对什么谨慎正直呢？就像他在日记里所写的那样，森安先生不正是对"身为受患者信赖之医生，长久以来，于余内心自然形成之自觉"谨慎正直吗？

我经常在意想不到的时候产生一种不可思议的感觉，仿佛光和我自己从小时候到青少年时期一直受到同样的教育。仔细想一想，原来我们父子俩这二十多年来，一直受到森安先生"谨直的幽默"的教育啊！

击中中心

1

今年八月三日晚上NHK台播放的节目，是我和该节目主持人以及摄像师等几位朋友长期合作完成的。今年是广岛、长崎遭受原子弹轰炸四十五周年。为了纪念这个日子，电视台很早就开始策划制作一部题为《世界还记得广岛吗？》的专题节目。我之所以会参与自己并不熟悉的电视节目制作以及策划工作，是出于以下的考虑。

从长子光出生的那年夏天开始，我就多次去过广岛。今年六月是光的二十七岁生日，而我以广岛为中心来思考社会、世界和人，并以此作为自己文学活动支柱之一的工作，也已经过了二十七个年头……

我将自己在广岛获得的体验都写进了《广岛札记》里，后来也以各种形式写过广岛。我的观点概括起来是这样的：人类在广岛、长崎所遭受的核武器轰炸是二十世纪最为悲惨的事件，这样说绝不算草率。而且在近半个世纪里，这种极具"威力"的核武器在国际形势的变化中起着举足轻重的作用。原子弹轰炸的受害者，上年纪后会出现白内障、癌症等病症，放射线污染还造成了第二代人的各种原子病。原子弹轰炸造成的悲剧一直延续至今。

同时，我们也不能忘记，从广岛、长崎遭受原子弹轰炸之日起，救助原子弹受害者的各种活动就开始了，直到今天还在继续着。今年夏天，我在广岛见到了这样一位老年妇女。她十七岁时遭受原子弹轰炸，当时她刚刚送别新婚不久的丈夫上了前线，她既要忍受肉体烧伤的痛苦，还要忍受在婆家受到的歧视，但她仍然把孩子抚养成人。后来她成为广岛演讲团的一员，向年轻人讲述遭受原子弹轰炸的惨痛经历。广岛有许许多多像她这样的人，从四十五年前的那个夏日开始，就面对核武器的"威力"和受害者的"悲惨",为恢复人性而坚持不懈地奋斗着。

说到他们中的核心人物,我的眼前总是会浮现出原子病医院的重藤文夫院长。那时候,重藤博士刚刚赴任广岛红十字医院副院长。那天,他在广岛火车站前打算换乘电车去医院上班时,赶上了原子弹轰炸。从当天下午开始,他就投入了救治源源不断送来的伤员的工作。

巧合的是,重藤博士是专门研究X光透视治疗的医生,他很快就注意到医院地下仓库里的透视底片曝光了,于是他开始仔细观察轰炸中心地与医院内外的受害者、受害物之间的关系,成为最早确认投在广岛的新型炸弹是原子弹的人之一。

我第一次见到重藤博士,是光出生的那一年八月。光在六月出生。第一个儿子就脑部不正常,我作为年轻的父亲,真是不知该如何去面对,完全乱了方寸。那时,我为了撰写在广岛召开的废除原子弹氢弹世界大会的报告文学而前往广岛。记得那次大会上,围绕苏联的核武器是否为了"正义""和平"的评价问题,发生了严重的分歧。

那么，在如此困难的局面下，我这样一个几乎对政治性的群众运动毫无经验、一无所知的人，为什么会接受撰写大会报告文学的任务呢？

现在我能清楚地回忆起来的只有下面两个原因：一是当时我迫切需要宣泄自己的情感。如果不把自己的视野拓展得更广阔，就会被孩子的难题压垮；二是当我答应了《世界》杂志的年轻编辑写报告文学后，我从当时租住的二楼窗口目送他走出大门时，忽然发现他的背影看上去是那样无力而又悲哀。

后来我和这位年轻的编辑成了终生好友，他叫安江良介，现在是岩波书店的社长。当年他虽然说服我接受了这项工作，但为把我从被残疾孩子弄得焦头烂额的处境中拉出来写报告文学，他也费了不少力气。而他当时刚刚失去自己的第一个孩子。

这次废除原子弹氢弹世界大会吵得不可开交，我也因此被搞得筋疲力尽，但还是抽空到广岛原子病医院去采访。听重藤文夫博士讲述他自己遭受原子弹轰炸的经历和治疗的经验后，我觉得自己受到了真正的鼓舞,我的心病从根本上得到了医治。从那时起,在我的眼前展现出一片崭新的人生图景……

我的大学老师、研究法国文艺复兴的专家渡边一夫[1]教授,对文艺复兴的核心思想人文主义作过几个定义。定义之一是"不过于绝望,也不过于期望"。重藤博士谈到遭受原子弹轰炸的广岛以及受害者的治疗问题时,认为对待这次惨重的灾难应该"不过于绝望,也不过于期望",充分表现出了人文主义者对待苦难的态度。

我对这位年轻时专攻X光、性格坚强的医生偶然被派到广岛医院工作感到不可思议。同时,也对在自己面临人生第一次、也是最大的危机时,能够在广岛听到这样一位医学家的教诲而觉得不可思议。而我能够真正理解重藤博士关于人生的思考,却又是基于我在大学时接受过另一位终生老师的教导……

---

[1] 渡边一夫(1901—1975),日本的法国文学专家、评论家,是作者的恩师。

这些重大因素统合的瞬间命运般存在于人生之中。随着阅历的增加，我现在对此更加坚信不疑了。我有时感到，这或许正是某种超人的存在通过我们人类"击中中心"的瞬间。

2

在这绿叶茂盛的时节，我访问了重藤博士位于离广岛不远的一座以酿酒著称的小镇郊外的故里。先生的老家在这一带的大户人家中，也是处于中心地位的，这一点从重藤家历史久远的墓地便可以看出，尽管先生说自己是农民的儿子。在绿树成荫的山中墓地前，我向身体硬朗的重藤夫人询问了原子弹轰炸前后的往事。那天，一颗巨大的炸弹被扔在了广岛，消息很快传遍了附近的村镇，许多惨不忍睹的受伤者纷纷逃到了郊区。

到了晚上，尽管重藤夫人还没等到重藤博士回家，开始对他的生还不抱希望了，但她还是准备第二天去广岛找找先生。她好不容易弄到一张去广岛的火车票，便坐汽车去市区取票，没想到半路上遇见了重藤博士。原来先生在一个酿酒的朋友家里避难，还和朋友喝了一些酒，庆幸自己死里逃生，然后在推着自行车（担心骑车危险）往家里走的时候，和妻子重逢了。

重藤博士当天就搭乘从郊区去广岛救援的卡车回了市里，投入救治遭受原子弹轰炸的受伤者的工作。由于通往广岛市中心的道路被封锁，他就在市郊的练兵场上尽心竭力地为受伤者治疗。当时，还不知道扔下来的是什么炸弹，他只是给病人伤口抹些烧伤膏。但是能够得到医生的救治，对于无数的受伤者来说已经是巨大的精神安慰。

就在重藤博士忙于为病人治疗的间歇，忽然意识到一位受伤的军人一直站在离自己不远的草地上，向自己敬礼。问他为什么敬礼，军人答道，这场惨祸是军人造成的，而您作为一介平民，却在为这些战争的牺牲者忘我地工作……

那天晚上，重藤博士回到家里时，已是筋疲力尽，恐怕没有精力跟夫人谈起这件事吧。第二天，他又回到广岛，连续几周一直夜以继日地在红十字会医院里工作。一个月以后，他才疲惫不堪地回到了家里。

我从第一次见到重藤博士起,就惦念先生自己是否有原子病症状,但没好开口问他,借此机会问了他的夫人。夫人微笑着回答说:"他过去有些神经质,体质虚弱,但是自从原子弹轰炸这事发生以后,性格发生了很大变化,大家都说他变得有度量了,身体也比以前健康多了。"

那几年,刚刚步入中年的重藤博士,为治疗原子病患者和维持医院运营而日夜奔忙,身心都经受了锤炼,可以说这个经历为先生日后一生从事的事业打下了坚实的基础。每当我读到围绕埃里克森[1]的《中年人的自我存在危机》的一些评论和论文时,都会很自然地将重藤先生的音容笑貌与这些文章重合在一起。

重藤博士不正是通过勇敢地面对广岛这场巨大灾难,从而超越了"中年人的自我存在危机",进入了人生的崭新阶段吗?原子弹轰炸后的历练

---

[1] 埃里克·霍姆伯格·埃里克森(1902—1994),美国心理学家,弗洛伊德的女儿安娜·弗洛伊德的学生。其理论保留了弗洛伊德理论中的若干成分,对精神分析方法贡献巨大,如对自我意识和人格发展模式的描述。

不也可以说是"击中中心"吗？它使重藤博士浴火重生的同时，也给无数的原子弹受害者带来了生的希望。

我会这么想也有个人的原因。我的长子出生时脑部不正常，那时候我二十八岁。我虽然开始工作比较早，但从一般人的年龄来说却是晚熟。因此，那个时候的我，似乎正处于"青年人的自我存在危机"，或者说正处于危机即将结束的高潮期。从专家的角度来看，我的看法或许大大偏离埃里克森的定义……

就在我处于人生危机的关键时期，残疾长子的出生重重压在了我的身上。我为此而苦恼，竭力调整自己的心态，直到儿子经过手术，成了家庭的一员。我把整个过程以虚构的方式写进小说，使这一体验得到了重新统合。这时，我豁然发现自己已经度过了"青年人的自我存在危机"。可以说，这件大事也出现在了我人生的重要时期里，如同"击中中心"。

3

　　重藤博士曾不止一次地跟我说起一位年轻眼科医生的事。每次说起这位医生，先生的心情都非常沉痛。那时正是盛夏，红十字医院里挤满了原子弹轰炸的受难者。不断有人死去，院子里堆积着尸体，火化尸体的烈焰整天都在升腾。这时，一位年轻的医生向重藤博士诉说："只凭我们的力量，根本无力拯救这些遭受巨大灾难的人。这些惨剧和愚昧是人类自己造成的，今后我们怎么还能像个正常人那样继续活下去呢？面对这么多无法拯救的受伤者，我们还要想方设法去救他们，这一切不是徒劳吗？"

　　重藤博士对不停地向他诉说的年轻医生说："既然已经面对了这么多受伤痛折磨的患者，我们能做的就只有竭尽全力为他们治疗。"可是，就在先生刚刚离开门诊室的空当，那位年轻的医生在被炸坏的走廊上上吊自杀了。这段楼梯的墙壁至今还保留着。重藤博士指着从坚硬的墙壁上戳出的无数荆棘般的碎玻璃给我讲这些事。他的字字句句都充满了苦涩。

夫人告诉我，重藤博士还对那位年轻的医生说过："现在虽然整个广岛成了一片废墟，到处都是残垣断壁，然而，你只要翻过一座山，就能看到一片绿色的田野和树林，你先去那里调养几天吧。"我在夫人的陪同下，去祭拜了重藤博士的墓，那里果然是草木茂盛，满目新绿。我想，那时候，先生一定回想起了自己在原子弹轰炸的第二天一早返回广岛时，眼前这片祖祖辈辈赖以为生的绿色土地，以及留在这块土地上的妻儿，所以才对那位绝望的年轻医生说"你只要翻过一座山，就能看到一片绿色的田野"……

我在广岛见过的许多患者都已经离开了人世，也许应该说，能健康地度过晚年的老人纯粹是个例。我在原子病医院里见过的那些住院患者，恐怕没有一个人能活到现在吧。重藤博士对我说过，一些来医院慰问原子病患者的外国人，再次来医院慰问时，一般都要求能再见一下上次见过的患者，可是，竟没有一个人有这样的运气……

但是，在广岛、长崎，这些已经进入老年

的原子弹受害者现在仍然在顽强地坚持开展"原子弹受害者救助法"运动。他们要求基于国家补偿的原则对原子弹受害者给予经济救援,并要求政府与美国共同承担原子弹轰炸的责任、发起废除核武器的活动。这是深受原子病痛苦煎熬的幸存者在替死者发出呼吁,他们开展的合情合理而又富于人性的运动,必将得到广大民众的响应和支持。

许多患者已经死去了,活下来的也在逐年老去。然而,当我站在重藤博士故乡的土地上时,望着年年新绿的苍山翠野,回忆着那些在我心底留下深刻烙印的死者,我还是能感觉到,在这个世界的深处,死者的生命在不断地更新、再生,激励着一直没有忘记他们的人们。

同情之心

1

在这里把这些都坦诚地写出来，需要勇气，一种近乎悲戚的勇气。家里人，尤其是我，有时会按捺不住对残疾儿子的火气，甚至现在也是如此。

推己及人，我联想到医生、护士对病人的恼怒和忍耐，想到了康复中心的理疗医生、心理医生对患者的恼怒和忍耐。我也不由自主地想象起自己来。我也将要进入老年，自知一向随情任性，到时候肯定会给家人和护士增添麻烦，惹他们生气，受到不耐烦的对待……

光五六岁的时候，身高体重都超过同龄孩子的平均水平，而智力却不如三岁的小孩儿。带他出门时，他常常莫名其妙地突然站住不走了，甚至会径直朝着自己想去的地方走。每当这时，我都要使劲拽住他，这使我从肩膀到腰部都要承受很大的痛苦。

有一天，我带他去了涩谷的百货商场。起因是在家里和妻子拌了几句嘴，心里不痛快，就带上光出去了。在百货商场的六层或七层，有一条连接新馆和旧馆的通道。我想穿过旧馆的体育用品柜台时，光又一次突然改变了方向——进百货商场后已经好几次了。我还是强忍着，告诉他一直往前走，可是光跟没听见一样，头也不回地朝自己的方向走着。

我记得很清楚，当时我的内心突然产生了一股不可遏制的不负责任的情绪。这一情绪无疑来自对固执的儿子的恼怒。我松开了牵着光的手，自己到新馆买完东西后，又在新书专柜前看了一会儿书，才回到刚才和儿子分手的地方，儿子当然早已不在那里了。

到了这一刻，我才感到惊惶失措了，赶紧跑到百货商场的广播室，请求帮助寻找丢失的孩子。

广播员立即开始广播，但是光并不会意识到自己就是走失的孩子，所以即使听见了广播，也不能指望他知道该怎么做。我只好在新馆旧馆刚才分手的那一层，以及上下各层四处寻找。大约找了两个小时，还是没有找着，最后只好硬着头皮打电话告诉家里，让妻子也跟着担惊受怕了。

我跑得实在太累了，就在新馆楼梯拐弯处停下脚歇了口气，茫然地望着窗外。这时候，透过模糊的玻璃窗，我发现一个矮小的身影正在旧馆的楼梯上慢慢地、却是拼命地爬行着。我急忙跑到连接新旧馆通道的那一层，从旧馆的楼梯看下去，头戴红色毛线帽、身穿棉布连体服的光，正两手撑在地上，顺着楼梯爬上来。光累得满脸通红，胖胖的小脸上油亮亮的，他只是瞧了我一眼，并没有什么特别的表情。但是，在回家的电车里，他一直没有松开我的手……

那天，光要是走失了，或是从楼梯上滚了下去，或趴在扶梯上时双手被扶梯夹住了……后来我一想到这些就觉得后怕。如果因自己一时的气恼而导致残疾儿子死亡，我作为父亲，恐怕一辈子都无法摆脱罪恶感，我的家庭也会因此而破碎。

最近，不时看到这样的报道：某年轻母亲把半夜哭闹不止的婴儿扔到地板上摔死。这时，我往往会站在毫无育儿经验的母亲立场上，去体验那种令人恐怖的情感。养育孩子的情感无疑是一种本能，但是对夜间哭闹的孩子一时心头火起，不也是与本能差不多的情感吗？

尽管已经过了这么多年，妻子对残疾儿子的献身精神，依然使我常常感受到新的心灵震撼。不过我发现，妻子显然有时候也跟光生气。每当这个时候，家庭成员就自然而然地扮演各自的角色，我和光的弟弟妹妹往往会成为光的辩护者。当然，仔细观察的话，态度上是有所不同的。我和次子是不加说明理由地一味支持光，而女儿则是先分清谁是谁非，替母亲去说服光，让他认识到自己做错了，但仍然会明确表现出站在光一边的姿态。

2

　　最近一段时间，我和光之间出现了心理对立。这虽说也是很自然的事情，但这回和以往天真幼稚的儿子使我烦恼的情况有所不同。

　　每天家人都要接送光去残疾人职业培训福利院上下班，最近光的弟弟妹妹经常代我去接送，我很少主动去。正因为这样，有时候接送途中就不那么顺利，造成了我和光的心理对立。我这么写，自己也觉得有点太夸张了……

　　有时候，我正处在集中精力读一些书或写作构思的紧张时刻，却不得不去接儿子。我家没有车，妻子倒是早已备有驾照，可那是她年轻时考的，即使现在为接送儿子添置一辆车，要恢复驾驶技术，恐怕还得去驾校重新考一次吧。坐公共汽车再换电车去福利院，来回得一个半小时。因此我常常心情急躁，想赶快回去继续自己手头的工作……

　　从福利院到电车站，要过两次人行横道。其中一次要横穿甲州街道。这条马路很宽，大卡车多，车流量很大，所以等红绿灯的时间就显得格外的长。如果赶在绿灯快变成红灯前过马路的话，一旦半途变灯，光就会害怕，万一他在马路当中发了病，后果不堪设想。要是他自己去福利院，我肯定会一再地嘱咐他，过马路很危险，千万要小心，等等。实际上，光在遵守交通规则上，已经不仅仅是神经质了，可以说是极端执拗。

有一天，我催促着儿子快步走到甲州街道的人行横道边上，见是绿灯，尽管行人已经快走到马路中央了，我还是挽住儿子的胳膊，小跑着过去，跑到一半时信号灯开始闪。过了马路后，我微微喘着气，带着兴奋的语调对儿子说："嘿，真不简单哪！今天你在福利院干活挺累的，走得还挺快。"儿子没有说话，从我的手臂里抽出胳膊，双手抱在胸前，叉开腿站着，回头瞪着信号灯。然后一路上，他一直隔着几步远跟在我后面，直到回家。

我自己也很幼稚，见他这样，我也生气了，在车上也不和他说话。一回到家，我就在起居室里继续伏案工作。光躺在起居室的地毯上听音乐，我还是不理他。儿子呢，觉得自己生父亲的气是理所当然的，不该向父亲认错，因为父亲不愿意耐心地等下次绿灯，就迫不及待地过马路。自己本来走路就吃力，结果走到一半就开始变灯了，让自己担惊受怕了一回。不过，他似乎还是很在意表情忧郁、一声不吭的父亲。

于是，光开始了不丢面子的和解。电话铃一响，他就以从未有过的敏捷，迅速抓起话筒。妻子要过来接电话，他摆摆手，自己把电话拿到我旁边，还用不同以往的清楚的发音告诉我对方的名字。等晚报来了，他又把晚报送到我手边。电视里一出现我朋友的镜头，他就目不转睛地朝我看着，看我是否注意到了这个画面。不过，他对自己在过马路后表现出的反抗态度，始终没有认错的意思。

他这样反而使我觉得不好意思起来，便开始寻找既能与儿子和解、又不伤及父亲尊严的机会。这时，我突然发觉妻子和女儿正忍俊不禁地瞧着我们俩……

3

将残疾人或病人与看护、护理他们的家人之间的情感坦诚而又具体地描述出来并赋予普遍意义的文学家还有正冈子规[1]。我出生在爱媛县，从小就知道这位明治时期的短歌、俳句改革家的大名，很早就开始看他的作品了。其中使我颇感兴趣的，是长年卧病在床的子规，对他妹妹的护理非常不满，常常发脾气，却写出了从看护病人到女性教育的一家之言。

有关躺在病床上完成了自己一生最伟大事业的子规，至今还有许多值得重新研究的课题。比如关于子规与邻居（也是资助者）陆羯南的关系，为了使子规心情愉快，陆羯南不顾子规的肺结核病可能会传染，让自己年幼的女儿身着艳丽的和服去看望他；子规与始终尽心尽力照顾他的母亲、妹妹的关系；子规的疾病观等问题。我经常想起

---

[1] 正冈子规（1867—1902），日本歌人，本名常规，生于爱媛县。提出俳句革新的主张，为后世沿用。著作有《松萝玉液》《墨汁一滴》《病床六尺》《仰卧漫录》等。

子规在最后的日记《仰卧漫录》中那段对妹妹律的批评。

> 律乃不通人情世故，无情无义如铁石心肠之女子。虽尽义务看护病人，却无同情之心慰藉病人。虽知遵从病人之命，却不知半分委婉……余常晓谕其同情之理，然无同情之心者焉知同情为何物，枉费口舌，心中不快，亦无可奈何。

我把子规所说的同情，理解为发自内心地积极地去揣测对方内心的一种能力。这样一来，子规的所谓同情，就与对我这样在文学领域工作的人来说最重要的词语想象力接近了。如果再将想象力这个词与护理者的精神世界对照一下，还使我想起卢梭《爱弥儿》[1]中关于教育的那句话："只

---

1 《爱弥儿》又名《论教育》，法国思想家和文学家卢梭的一部半论文体的教育小说。1762年出版，共五篇。前四篇描述爱弥儿从出生到成年四个时期的成长经过和所受的教育，最后一篇叙述对爱弥儿未来的妻子苏菲亚的教育。

有想象力才会使我们感受到别人的痛苦。"

子规日记里的那些话，与其说是对妹妹护理的不满，不如说是对护理病人时应有态度的见地。那些话里也多少包含着子规对妹妹不幸婚姻的同情，以及对她过于独立的性格的担忧。然而，在别人眼里，妹妹律确实是全心全意、无微不至地在照看卧病的子规。

子规写这篇日记前后，还写过一篇随笔，谈及日本女性怎样才能以积极自发的心态去照看病人。若换成卢梭的语言，则是：日本女性怎样才能对别人的痛苦具有想象力？这篇随笔富有逻辑性，简洁明快，最后得出的结论是：日本也需要对女子进行教育。

从整个过程来看，患病的子规起初对什么都看不顺眼，胡乱发泄怒气，但事过之后又觉得不好意思。很可能他自己从一开始就知道，不该这样盛气凌人地对待妹妹，于是写了这篇随笔，来暗示自己向妹妹伸出了和解之手，虽说妹妹应该不会马上看到这篇随笔——尽管是刊登在报纸上。

使得子规发火的直接原因其实很简单：

例如病人不停地诉说"想吃糯米团子",她却毫无反应。若有同情之心,病人想吃之物,应立即买来,然律未能如此。故若想吃糯米团子,只好直接命其"买糯米团子来"。对于命令,她绝不敢违背。

正冈律长期照顾卧病在床的哥哥,与母亲一道为哥哥送终后,进入了开设女子教育的学校学习。她后来没有结婚,当了教师,走上了自立的人生之路。时过境迁,她或许已成为能够深刻地读懂子规的日记、随笔的人之一。妹妹这些为了怀念死去的哥哥而付出的努力,是多么美好。

我想,积极的同情和想象力对于智障儿童,对于照顾他的家人、医生、护士以及康复中心的护理人员,具有特殊的意义。因为他本人在表达希望别人为自己做什么之前,并不清楚自己的需要到底是什么。

从我的长子来说,尤其在他小时候,就连自己提出"想吃糯米团子"的程度都达不到。然而,妻子能够对长子的内心情感表示积极的同情,努力开发他的想象力，最终发现他需要的唯有音乐。这使我对妻子独特的护理肃然起敬。

作为病人，子规的内心承受着沉重的苦闷和忧郁，他通过写日记将这种积郁爆发出来，同时也写生花草以慰藉心灵。子规的母亲和妹妹看他的写生画册时是怎样的心情呢？多年来，妻子也是一边养育光、一边对着山野草木写生的。这当然不能和子规相提并论，但我在翻看妻子的写生画册时，也会对病人与其家人、患者与护理者之间的关系浮想联翩。

承受残疾

1

"康复"这个词我早就知道,在大学读法国文学时,我注意到了这个词。那个时候,只要没有睡觉,我就会看法语。"康复"这个词我是从法语小说里第一次看到的。对于二十多岁的学生来说,读巴尔扎克或许更有品位,但我经常看的是西默农[1]或者更通俗的侦探小说,说不定我就是这么知道的。我不记得是从哪本教科书里了解到该词的意思的,它指被判刑的人出狱后,经过社会性的训练而再次恢复名誉,恢复公民权利。

---

1 乔治·西默农(1903—1989),比利时著名小说家,其作品大部分是侦探小说。

如果把"被判刑的人出狱后"换成"住院的人出院后",那么经过身体的、社会的训练恢复公民权利,就与如今所说的"康复"接近了。但是,不管是查法日辞典还是英日辞典,都只有我说的前一种解释,而医学用语的解释却很少见,想必有很多人对这种"落后"感到吃惊吧!不断吸收新语原本是日本辞典的特色(日语词汇用日语查,外来语用片假名表记[1]来查),而英语辞典,越是像老牌的《牛津简明辞典》这样的代表性辞典,更新越是缓慢。

"康复"这个词的医学用语定义被社会通用还为时不长。"康复医学"由美国等国家创始于第二次世界大战末期,因此,"康复"这个词早已具有医学含义,我却一直不知道。

直到一九八七年,我才第一次真正接触到了医学意义上的"康复"。起因是东京大学医学系康复部门的上田敏教授给我来了封信,信里说,明年将在东京召开康复医学世界会议,请我到会

---

[1] 日语字母书写分平假名和片假名,片假名用于表记外来语。

发言。

信里还附有会议日程安排,我看了以后,很感兴趣。从身体和精神两个方面来治疗疾病,似乎是这门新兴医学的基本原则。而且事实上,已经有许多患者因此得到了救治。可是,我又能做什么呢?于是我回信推荐我在文化杂志《赫尔墨斯》一直敬爱有加的哲学家中村雄二郎先生代我发言,认为这样比较合适。我的理由是,中村先生是当今站在世界哲学新潮流的最前列、对人的精神与身体的问题非常关注的人物。

可是,上田敏先生又回信恳切要求我重新考虑,差不多同时还寄来了他的著作《论康复——从残疾人到正常人》。我看了这本书后,被它带进了一个崭新的世界。尤其吸引我的是,上田敏先生以清晰的章节划分,将残疾人患病后的心理变化进行了系统化的整合分析。不幸成了残疾人,经历了痛苦的心理过程之后,该怎样以积极的心态面对残缺的自己,而残缺的自己又该怎样在家庭和社会中发挥作用?康复医学的终极目标是对残疾的接受。我感觉从中发现了与文学的思维相通的、甚至是某种现实性导向的东西。看完这本书，尽管我对自己能否胜任不无担忧，但还是同意在那个世界会议上发言了。

我是个作家，为什么会改变主意，愿意在世界各国的康复医学专家云集的会议上发言了呢？我的发言稿里有这么一段坦率的自述，或许可以说明这个问题。

> 二十五年前，我的头一个儿子出生的时候，他的脑部发育不正常。对我的家庭而言，这是一起重大的事件。然而现在，我不得不承认，我作为作家，最本质的文学主题就是，此生此世该如何与家庭成员一起，和这个残疾儿童共生的问题。
>
> 我对这个世界和社会的思考，以及对超越现实的东西的思考，从根本上说，就是通过与残疾儿童的共生去发现并得到确认的思考。

接着，我讲述了如何确切地揣摩弱智儿童的

心理，以及这对于和还不会说话的儿子的共同生活，具有多么重要的意义；又讲述了后来我们通过孩子感兴趣的野鸟的叫声，开始了与他的交流，并且把这个过程写进了小说的事……

如何表现我这个残疾儿子？如何解读在实际创作的过程中，残疾儿童与家人的共同生活？这些成为我的小说文本的双重文学课题。也就是说，残疾儿子降生这一事件构筑了我的文学主题。

我要创作一部以残疾儿童为主题的小说。我要采用这样一种语言，它既具有总体性、综合性，同时又不失具体性、个别性，以这种语言来创作一种适合表现残疾儿童的模式。这个模式不仅包括有残疾的儿子，也包括其家人及周围的社会和世界。我一直是这样创作小说的，并且发现在通过小说语言构成模式的过程中，存在着某种特定的形式。

接下来，我谈到上田敏先生将残疾人的发展

过程划分为因遭遇事故导致残疾之后，经历了各种历练过程，最终接受残疾现实这样几个阶段。而他的这个划分模式与我自己小说模式的形成方式相吻合。上田敏先生是这样划分这个过程的：

> 一个人因事故而招致残疾。第一阶段是陷入漠然和孤僻状态的"冲击期"；第二阶段是出于心理性防卫本能，否认疾病和残疾的"否认期"；当无法否认残疾的不可痊愈性时，患者则进入第三阶段的"混乱期"，在这期间，患者会出现歇斯底里、抑郁悲伤等症状。但患者会逐渐开始意识到自己的责任，努力摆脱依赖，转变价值观，经过这第四阶段的"解决期"后，就是第五阶段的"接受期"。此时，残疾人已经能够把残疾作为自己特性的一部分接受下来，在社会、家庭中扮演自己的角色了。

那么：

当我以自己的残疾儿子作为小说语言的模特时，也经历了上述五个阶段。比起智力残疾的儿子经历的整个过程，我们全家人更加明显地经历了从"冲击期"到"接受期"的全部过程。我们这个家庭和残疾儿童怎样在"冲击期""否认期""混乱期"共同经受痛苦，又是怎样经过"解决期"最终进入"接受期"的，当终于走完这个过程之后，我的小说也就完成了。如何积极地接纳残疾人并把他作为家庭的一员？这一答案找到之时，就是我的小说完成之日。

最后，我以残疾儿童的父亲和作家的双重体验讲道：

> 当我通过小说创作这种语言模式来思考时，再度感受到了家庭和残疾儿童在"冲击期""否认期""混乱期"中共同经受痛苦，生存下去的重要性。我想要说的是，如果没有经历这一极其痛苦的过程，也就没有真正

的"接受期",这也是人之所以为人的道理。

2

"承受"的原文是acceptance,《牛津简明辞典》里,该词条的解释是"同意接受,高兴地接受";此外还有"承认、信任、宽容"的意思。从"超越痛苦,在困境中接受、承认、信任对方"的词义,可以窥见其形成的历史过程中有着欧洲、美国的宗教背景。

去年的"助残日",我应邀担任了NHK综合频道残疾人主题节目的点评,节目时间很长。我不过是一个残疾孩子的父亲,并没有发表专业性点评或者提出建议的水平。尽管如此,我得到了这样一个能直接听到真正的专家发表见解的机会。看了一个特殊的电视录像带后——也许由于自己的怯懦和怠惰,平时不会仔细去看,我受到了一次教育。

去年"助残日"观看的几部电视纪录片尤其优秀,令人感动至深。我特意用《牛津简明辞典》里定义明确而又丰富的"承受"一词的原意,来对照纪录片里具体而又富于人性的生活场景，从而深刻体会到了"承受"一词的内涵。

其中一部纪录片非常感人，拍摄的是一位才满二十岁的残疾姑娘坐着轮椅独自旅行的全过程。她游览了京都以后，还回乡下去看望了祖母。这次旅行使她获得了新的体验，变得更加坚强了。她讲述旅途中的种种感受时，尽管脸上还隐约露出痛苦和疲劳的痕迹，表情却是那样生动，带有一种阴翳之美。

她说的那些话给我留下了非常深刻的印象，由于未征得本人同意，不能在这里直接引用。她讲的大意是：残疾人也应该多到外面去走走，做自己想做的事。哪怕会给别人添麻烦也要这么做。即使需要求助于健康者，给对方添了麻烦，也应该坚持自己的意愿，做自己真正想做的事……

我的女儿在大学时一直参加助残小组的活动，由于她从小就照顾残疾哥哥，所以这方面很有经验。一位靠轮椅生活的老年女性经常打电话到家里来，让女儿推着她外出，但并不是去医院。助残活动日以外的时间，对方突然提出这样的要求时，恰巧女儿又面临考试或提交小论文的话，拿着话筒的女儿，就会犹豫不决……

即使这种时候，女儿也绝不会接受我的建议。如果发现我在小说里提到她在助残活动中认识的朋友，那些残疾孩子和大人，她就会瞪圆了眼睛向我发出抗议，直到我放弃才罢休。

我的建议很客观，虽说是小组活动，但既然接受了助残工作，就是社会行为，比起自己的事情来，更应该尊重对方的意愿。而女儿则是在电话里耐心地给对方解释，说明自己由于不得已的原因，实在无法前去照顾，请对方谅解。直到女儿以这一方式解决了问题时，坐在一旁沙发上看书的我，才算松了一口气。

如那位独自旅行的坐轮椅的姑娘所说（她的意志相当坚强，她不要陪伴身边的摄像师和年轻的女制片人帮她推轮椅，自己爬上京都寺院的斜坡，并且一直坚持到最后），"即使给别人增添麻烦，也要做自己真正想做的事"。女儿现在已经走入社会了，我希望她能通过助残志愿者活动，学到主动"承受"这种"麻烦"的姿态，使之成为她自己的精神……

纪录片里有这样一个场面，姑娘在投宿时，跟住同屋的年轻人讲述她自己因车祸造成下半身瘫痪的经历，以及当时自己所受到的震撼，她仿佛只是在客观地叙述，语气平和而又开朗。她就是这样，逐步"承受"了轮椅的生活。

这位姑娘决定独自外出旅行时，说服了父母，还自己给饭店打电话预约房间。接电话的饭店一听是个人旅行，不是集体旅行，而且还是轮椅旅行，有的一口回绝，也有的表示可以住宿，甚至连进入房间的路线都非常详细地告诉她。

一进入和自愿助残小组的残疾人出去旅行的季节，女儿就要每天从早到晚给投宿地的便宜旅馆打电话，为了费用讨价还价。我在旁边听她打电话，才了解到我国目前对待残疾人的实际情况。从刚才那个纪录片中可以看到，对于那些态度冷漠的饭店，那位残疾姑娘会明确说明自己的真实情况，顽强地与对方进行交涉，我女儿也是这样做的，我从她们身上不能不感受到新一代人的坚韧。

残疾姑娘经过了艰难而又激动人心的旅行终于到达了终点——回到乡下看望祖母。坐在轮椅上的姑娘,在当地大户人家样的祖母家素雅的大门外等候时,很担心祖母见到变成残疾人的自己会受到惊吓,但同时她脸上也露出了靠自己的努力坐着轮椅到达这里的自豪,显然她小时候一定受过祖母的疼爱……

这时,来不及穿戴齐整的祖母步子踉跄地急匆匆出来了,这一幕相见无言的场面真是感人至深。看得出来,坐在轮椅上的残疾姑娘和由于年迈而同样腿脚不利索的祖母,不论是在自尊及坚强的个性上,还是在有教养的坦率品格上,真是一脉相承。

然后,祖孙二人隔着被炉[1]相对而坐,并没有说什么话。祖母虽说还不到老年痴呆的程度,可也差不了多少。平常,家里人都把她当成孩子来对待,所以祖母有时会突然说不出话来,好在有

---

[1] 被炉,日本冬季独特的取暖用品,将炭火或电器等热源固定在桌下,在木桌上面盖一条被褥。

一旁伺候她的儿媳妇替她说，帮着照应。顺便插一句，我也常常见到这样被人不断截住话头的老太太……

姑娘拿出从京都寺院求来的护身符送给祖母。祖母接过来，急切地打开纸包，取出护身符，高兴地端详起来，看样子她已经完全承受了年老带来的"残疾"，即衰老以及随之而来的一切。这样的祖母和承受了因事故造成残疾的年轻孙女无言对坐，极力露出的笑容里透着苦涩。她们超越了各自的失望和痛苦，最终都承受了各自的残疾，她们周身仿佛散发出微弱的光，照亮了对方……

假设这位祖母和孙女都身体健康，恐怕未必能够如此深切地相互理解吧。既然祖母将不可避免地继续衰老下去，那么顶撞她，不正是身体健康的孙女的自然生理现象吗？然而，这个电视纪录片里一老一小两位承受了残疾的女性，却能够温暖地互相理解，和睦地相向而坐，笼罩着她们的光环实在高雅得令人肃然起敬。

3

我在康复医学世界大会上的发言将要结束的时候，考虑到外国来的专家们会觉得我过于个人感情化，便加上了下面这样一段话：

> 现在最让我感到自豪的是，看到我的残疾儿子已经具有了decent，即宽容、幽默、值得信赖的人格，而且我们家庭的所有成员在与残疾儿童的共同生活中，都受到了他人格的影响。
>
> 借助与儿子的关系，我自身也超越了个人的局限，认识了各种各样的残疾人和他们的家人，以及为了他们的康复而进行着不懈努力的人们。残疾人也好，他们的家属也好，从事康复工作的人也好，都经受着各自的痛苦。即使在已经到达"承受期"的残疾人脸上，也依然有着痛苦的印记。残疾人的家属、进行康复治疗的人们也会有这样的印记。而且我一直认为，他们共同而明显的印记，即

他们都是decent的人。

现在虽然没有时间对此进行论证,但是我在最能理解他们的人们面前讲了上面这番话。我认为,战胜了巨大的痛苦,与痛苦的家人共同生活,支持着康复医学的那些人的崭新的decent的形象里,存在着连接未来日本与世界的最有希望的人的原型。

我在这里直接使用的decent这个英语单词,还有另一种翻译的可能性——这个词蕴含着丰富的意义,因此成为难以使用确切词语来界定的单词之一。请大家联想一下电视纪录片里那位坐着轮椅旅行的残疾姑娘,在经过艰苦努力后,见到祖母时二人相对而坐的那种气氛里说的话。我在上面写过,各自承受残疾的两个人身上仿佛笼罩着光环,而这光环高雅得令人不由得肃然起敬。我想这情景就与decent的内涵相吻合。

不久的将来,我和妻子也会步入晚年,妻子当然有妻子的思想准备,但面对残疾儿子以及一直支撑着他的妹妹、弟弟,我在自己能够成为真正的decent的人之前,仍旧会感到畏缩,不知道我能不能"承受"自己注定是痛苦的晚年。

啊，故乡正亮起灯火！

1

不久前，我发表了一篇悼念井上靖[1]先生的讲话。当时，听众中有几位医生，这使我备受鼓舞。说起来，与我有交流的其他职业的知识分子，除了大学教师外，医生是最多的。比如，为我的残疾儿子治疗的主治医师，以及十几年来我经常去检查身体的医院的医生们……

不过，我都是以患者、准患者或患者家属的身份与医生接触的。从我来说，是离开了自己的

---

[1] 井上靖（1907—1991），日本当代文坛代表性的作家之一，大学时代就开始文学创作，二战后成为专业作家。作品数量多且影响巨大，曾获芥川文学奖。其历史小说很大一部分取材于中国历史人物故事，如《楼兰》《敦煌》《孔子》等，曾多次访华。

工作环境，而对方正在履行自己的职责，因此，我不能无拘无束地和对方说话。反倒是对方经常问我："最近忙些什么啊？"

因此，我一直觉得，从事作家这种职业，是很少有机会能直接对医生发表自己有关人和文明的思考的。还有就是，作家一旦生了病，尤其是危及生命的重病，痊愈之后，往往会发表一部成为其后期代表作的大作。

井上靖先生身患癌症，但他抓紧手术后的短暂康复期，克服病痛，完成了大作《孔子》，这个具有启示意义的典型例子解答了我一直在思考的问题。而这次讲话机会带给我的喜悦，莫过于作为一名晚辈作家，能在追悼井上靖先生的同时，把自己重读《孔子》的心得讲给医生们听。

井上先生生前常跟我谈起打算把孔子写成长篇小说的构想。井上先生习惯于以散文诗的形式来表现正在构思的小说，因此，早已发表过描绘在战乱的原野上流浪的孔子和一群儒生的散文诗，只是还未及着手小说的创作，先生就开始感觉身体不适，结果发现患了食道癌。

据说井上夫人及亲属都以为这部长期搁置的《孔子》将因此作罢。尤其是夫人，曾多次陪同井上先生到中国探访与孔子有关的古迹，更是遗憾万分。然而，井上先生动了大手术之后，身体康复得很快，于是着手创作《孔子》。

巧的是，《孔子》第一章在文艺杂志上刚刚发表时，我与井上先生正好一起去巴黎、斯特拉斯堡、佛罗伦萨等地旅行。特别是重访佛罗伦萨，给井上先生很大的激励。先生回国后，立即精神百倍地投入了《孔子》的写作。这一点，先生的家人都可以证明。不久以后，《孔子》终于完成，受到了读者的广泛欢迎，也成了井上先生的遗作。

以孔子为主题写小说是一项艰巨的创作。有关孔子的一生，已被其死后三百五十年写的《史记·孔子世家》所规范，后世所有关于孔子的故事都是依据这一记述写的。井上先生也是细细研读过《史记·孔子世家》的，这一点，在《孔子》的细节中随处可见。

《孔子》里有这样的描写，说孔子身高九尺六寸，约合日本的七尺，人称"长人"，众人争相观看。井上先生脑子里的孔子形象恐怕就是来源于流浪人孔子这个细节吧。由于形象太过独特，虽然在诗歌中得以表现，但在小说里却没有具体的描述。

还有一处是《孔子》中的叙述人，老者蔫薑被写成是殷人的后裔。《史记·孔子世家》里有这样哀伤的记载，孔子死前七日，说梦见自己死亡后受到祭祀，但采用的是殷代的祭祀仪式，这说明自己的祖先是殷人。

然而比这些更重要的是井上先生毅然脱离《史记·孔子世家》的记述这一点。例如构成《孔子》重要主题的"葵丘会议"，以及发生故事的主要舞台负函这个地方，在《史记·孔子世家》中均无记载。而且井上先生在作品中，勇敢地对传统的《论语》解释提出了不止一处异议的地方。

例如在《孔子》里，地方长官叶公被描写成最能理解孔子的一个人物。但是，和辻哲郎曾说过"叶公明显地遭到贬低"，因为按照《论语》的说法，"叶公是一个不知尊敬贤者的狂妄自大的小人"，所以和辻解释为，孔子对叶公说的话全都是讥讽和教训。

2

正如上面所说，井上先生把楚国为收容蔡国遗民而修建的新城负函，设置为《孔子》故事情节的中心舞台。井上先生笔下的孔子在负函会见叶公时，说了一句"近者悦，远者来"。这显然是句赞美的话。而且，当孔子在负函听说楚昭王（孔子本想向他推荐自己的弟子）病故时，说出了那句名言："归与！归与！吾党之小子狂简，斐然成章，不知所以裁之。"据《史记·孔子世家》记载，孔子只是在陈国流浪时说过这句话。因包含着重要的思想，书中被引用了两次。

以"索耳克氏疫苗"[1]而使全世界孩子免受重大痛苦的索耳克博士，曾经非常激动地对他的法国哲学家朋友说："听说在中国，危机与机会并存。"我是在这位哲学家的回忆录里看到了这句话，大概是在谈论"危机"一词时这样说的。

---

1 预防脊髓灰质炎（即小儿麻痹症）的灭活疫苗。

孔子带着他的弟子们，一路上经受了许多艰难险阻，终于辗转来到了异国他乡负函。这种流浪之旅无疑是"危机"的积累。然而终于到达距离国王最近的地方，有机会把自己的弟子推荐给国王时，结果又遭遇了楚昭王去世的考验，于是孔子决定返回故乡去。

时光荏苒，当年跟随孔子流浪的年轻人，即书中的叙述人，现在已是老人，他再度来到了负函。他讲述这次旅途的部分构成了《孔子》的高潮，小说的后半部由此才真正开始。井上先生顺势而下，一气呵成，充分显示了他的写作天赋。特别值得注意的是，在重复描写同一人物时的微妙差异上，充分体现了井上先生的表现技巧。

例如，老人在负函看到村庄亮起灯火的景象，不禁感慨地说："这负函，真是个神奇的地方，它称得上是孔子和弟子们的心灵故乡，或者说，就像是他们的精神家园一样的地方啊。回首当年的情景，依然清晰如在眼前，如今我看见灯火正在负函点亮。"

结束旅行回到居住的地方之后，老人又发出

同样的感慨：

"啊，我的故乡正亮起灯火。

"但是，我立刻意识到，对我来说这并不是我的故乡，这既不是我出生的地方，也不是我成长的地方。

"不过，说是故乡也可以。因为除了这里，我没有其他可称为故乡的地方了。"

旅行回来后，老人又继续和孔子讲习会的人一起回顾先师的为人之道及其思想学说。他谈论的负函之行的中心思想是："啊，我的故乡正亮起灯火。"对于我们这些生活在这个星球上的人来说，这种宁静的情感是绝不能被剥夺的。于是，有人向他提了这样的问题："晚年的孔子对这前所未有的乱世抱有怎样的看法？他去世时的看法又是什么样的？他如何预见人类的未来？"

老人回答说：

"我想象孔子的心情是，至今尚无圣明天子降临之瑞兆，如此，曾将一切希望寄托于圣明天子的孔子自身，已对天子不再抱有任何希望，总之，孔子是一筹莫展哪。正如夫子所谓'吾已矣夫'。"

然后，老人讲述了在"葵丘会议"上，诸侯订立了契约，不得以黄河决口作为战争的手段，并回顾了许多国家相继灭亡的历史。就在此时，下起了瓢泼大雨，老人用下面这段话结束了这个长长的故事。

"虽电闪雷鸣，务请各位坐于此，切勿离开。将吾等之身心袒露于此迅雷烈风之下吧。似这般凝神静气，虚心以待天地息怒吧。"

井上先生曾写过一首散文诗《迅雷烈风》，以诗歌的意象表现过小说里的这个场景。井上先生的这部小说以诗歌开启，继而以超群的叙述才华展开小说的故事情节，最后又以小说这个结尾场面再现了前面诗歌呈现出来的意象，达到了首尾照应的效果。

井上靖先生既是诗人，也是罕见的叙事名家，他的最后一部作品《孔子》正是这样一篇杰作，为先生一生的创作画上了完美的句号。

3

下面把这样三个人作一下比较。井上靖先生患有癌症,却在手术后完成了如此艰巨的工作;孔子为了让自己的弟子实现走上仕途的愿望,踏上了漂泊异乡的危险之旅,得知楚昭王去世的消息后,又毅然决定返回家乡,最终成就了作为思想家的伟业;讲述者蔫薑老人重访负函,更加深刻地理解了故乡的寓意,到达了给孔子思想的年轻后继者们讲述的这个故事的顶点。

或许还应该加上这件事:井上先生于大病之后重访佛罗伦萨,从而激发了创作灵感,回国后,《孔子》的创作得以顺利完成。

异乡——象征着与死亡短兵相接的生死考验。

故乡——象征着恢复、生产及新生命的再生。

从这一寓意上的异乡,为癌症患者动手术的医院也可以说是健康人的异乡,回到故乡,而后重生,这种模式的故事情节在以上所有事例中都是共通的。而且我认为,这也是脱离开井上先生和《孔子》的具体事例,具有更加普遍性意义的模式。

我是通过阅读各种古典文学，以及与残疾儿童的共同生活，逐渐发现了这个道理的。而将这个结论作为一个命题真正加以确切把握，则是在十年前，我对但丁的作品以及相关研究进行认真研读的那些日夜。

当时出版的但丁研究专家约翰·弗雷切的遗著中，有一篇关于揭示但丁具有皈依之心的论文。广为人知的《神曲》第一首诗，写的是但丁想要上山，却受到三只野兽阻挠的情节。弗雷切认为，这暗示了但丁试图皈依真正信仰的失败。然后经过下地狱之苦，再通过炼狱，直到进入天堂之旅，但丁终于重新实现了皈依，获得了真正的信仰，返回现世，创作出了《神曲》。

> 皈依、死亡与自我再生会在真实的忏悔与虚假的忏悔之间，烙印上明显的差异。在这部作品里，尝试登山的失败之旅，与再度描写出来的成功之旅之间的差别，是通过堕入卑贱、漫游地狱的旅行来表现自己的死亡。

奥古斯丁[1]为了描写他在罗马期间遭受的痛苦，简短地谈到了同样的考验。

奥古斯丁在实现皈依之前病倒在了旅途中的罗马，险些危及生命。经历过这次在"异界"遭遇死亡危机的痛苦体验后，他回到了故乡，听着院子里玩耍的孩子们的欢笑声，他得到了引导自己走向真正信仰的启示，从而终于实现了皈依。

弗雷切的观点使我获益匪浅。人在异乡濒临死亡，但在医生、看护和家人的鼓励下恢复了健康。人病愈之后，并非只是回到生病前的起点，而是朝着积极的方向上升，同时获得了不断上升的能量。因此，如果他是诗人，就会写作诗歌；如果他是作家，就会写作小说，来表现他所获得的新的感受。这些作品给人们传递着生命的信息。

无信仰者自然与皈依无缘，但是，这种肉体与精神的疾患所造成的痛苦，以及痊愈、康复之

---

[1] 奥古斯丁（354—430），古罗马思想家，新柏拉图主义的宣扬者。代表作《忏悔录》。

后的生产性活动，也会使无信仰者生产出植根于灵魂的作品。井上靖先生的《孔子》如此畅销，正是由于许多人深切感受到它是这样一部作品的缘故吧。

我感到，井上靖先生思考的不仅是一个人从生病到康复的过程，还包括一个国家从生病到康复、再生的过程。这既表现在他对古代中国的思考上，也表现在他一直为日中友好而做的努力上。井上靖先生那豪放的想象力中饱含着这样的意愿：他要以克服巨大的病痛、最终创作出新作品的自己为原型，来对自己一直尊敬的邻国致以最殷切的关注。

个性

1

前些日子，在我故乡的山村——行政合并后成为町[1]的一部分，我和年轻人一起举办了一次音乐会。起因是这样的，我故乡的一些人为了保护这个森林覆盖的峡谷村庄的自然环境，决心一辈子生活在这块土地上。他们为此举办了这次活动。为了配合他们的活动，能够在东京作准备的部分，我是和他们一起做的……

今年邀请了我的友人钢琴家外山准和他的朋友们一起到我的故乡去。他们都是活跃在我国古典音乐界或音乐教育界的有实力的演奏家。尽管

---

[1] 日本行政区划，相当于中国的村镇。

是樱花刚刚绽放的时节，却因为下大雨，飞机无法在四国机场降落，结果返回了大阪。由于主要的演奏家刚巧都乘坐这趟航班，使得出发当日，村里的年轻人为他们揪了一把心。

演出会场座无虚席，观众不止来自邻村，还有一些是远道而来的，他们等待着乘坐新干线穿越濑户大桥到森林里来的演奏家们。因此，我把自己的讲话稍稍拉长了一些，提前到达的外山先生也表演了长时间的钢琴独奏。终于等人马到齐之后，才开始演奏钢琴三重奏、长笛独奏等节目。从开场到演出结束，整整用了六个小时，但是几乎所有的观众都坚持到了最后。

千里迢迢赶来的演奏家们，连演出服装都没来得及换就上台演出。到了台上，这些演奏家的表情和姿态，随着演奏的进行逐渐起了变化。小提琴、大提琴、长笛的演奏家个个都显得派头十足，钢琴家就更不用说了。此时此刻，我深深感到，人们原来就是这样创造音乐的，就是这样通过音乐而生存的啊！而且，这是在场的五百多名观众（大大超过我们村子的人数）共同分享到的情感。后来，观众纷纷寄来的明信片中所表达的感想也证实了我的这一感受。

对个人来说，特别让我高兴的是，这场乡村音乐演奏了不少我的长子光创作的作品。有钢琴独奏、长笛独奏，还有根据他的钢琴曲改编的四重奏曲目。对于坐在我身边的光来说，这次演奏会将会成为他人生中一个辉煌的回忆。最近一段时间，每次去福利院接他回家，我总感觉他有些忧郁沉闷，也许是年龄增长的关系吧。而现在，他是多么活泼开朗、兴奋愉快啊！偶尔NHK地方节目里播出光作为作曲者接受观众献花的简短镜头时，光的脸上就会露出他特有的幸福表情。

2

今年还出版了光的《作品集Ⅱ长笛·钢琴曲》。我写了下面这篇题为《作曲的习惯》的后记。

光去福利院工作，往返要乘坐公共汽车或电车，有时和接送他的家人一起去商店购物，有时和妹妹一起去快餐店，也有时专注于解答电视智力测验节目中的问题，而大部分时间则是听FM、CD或者以前收藏的古典音乐唱片。

不过，他生活的中心还是作曲和与此有关联的田村久美子先生教的音乐课。可以说，光是以作曲为其生活的顶点的，而听音乐则构成了其中最重要的一部分。

他的生活状态，使我联想到长期在美国大学执教的法国哲学家雅克·马利坦[1]对"习惯"一词的定义。马利坦的原意是指艺术的习惯，但是我想应该也可以从更大的范围理解其含义。

人花费大量时间，通过自身的经验，创造出其职业最根本的东西，其本人的意识与无意识也能从中体现出来。科学家在其研究工作中体现出难以与其人格相分离的东西，工匠也是如此。马利坦将这种东西称为"人

---

1 雅克·马利坦（1882—1973），当代法国著名哲学家、文艺理论家，"新托马斯主义"的代表人物。著有《艺术与诗中的创造性直觉》《诗的境界及其他》《艺术家的责任》等。

在生存中形成的习惯"。

我想,对于光来说,作曲正是他生存中所需要的习惯。我这样评论只有小孩子智商的弱智儿子,听起来似乎有些夸张,但是我感觉,他的作曲行为以及作品都表现出了他自己的人格。

如果光不会作曲,我和家人恐怕对他埋藏于内心最深处的纤细感情一无所知。正是这些音乐家给予他表达情感的工具,教他学会用和弦和旋律作曲,鼓励他去表达,并将他表达出来的东西用钢琴或者长笛等乐器变成听得见的声音,使光与他人联结在一起。我每时每刻都在加深着对他们的谢忱,是他们通过这个演奏过程,将光内心深处的——我甚至想说灵魂深处的东西,呼唤到了我们共同的世界里来。也就是说,我得到了他们的生存习惯赋予的恩惠。

我下面要说的"生存习惯"是美国女作家弗

兰纳里·奥康纳[1]采用雅克·马利坦的"习惯"这个用语，并加入了自己的人生与艺术的习惯，重新赋予其深刻的含义而创造出来的。她认真阅读马利坦的著作，还和当时任普林斯顿大学教授的马利坦通过信。她以写小说为生，不管是有意识还是无意识，总之她逐渐形成了小说家的习惯。她用这样一种自己尚不完全明了的方法成功创作了一部并非世俗意义上的、而是作为艺术品成功的作品。她以这样的体验，说明成功的取得受益于习惯。

考虑到在医学第一线的医生也有可能会阅读我这篇文章，所以我想特别提一下，弗兰纳里·奥康纳和她的父亲一样，备受红斑狼疮的折磨。她从二十岁出头从事文学活动的时候开始发病，不到四十岁就去世了。她寄希望于新研制的特效药，以乐观而又稳健的态度与病魔抗争，并成就了其文学创作事业。她的精神成长史不仅体现在其优秀的短篇小说里，也展现在其书简集

---

[1] 弗兰纳里·奥康纳（1925—1964），美国南方文学先驱作家。曾获欧·亨利短篇小说奖。

《生存的习惯》之中。其中收录了她在病榻上写的最后一封充满关爱和勇气的信。弗兰纳里和三岛由纪夫生于同年，我常常思考他们二人对待生与死的态度。

最后一封信是弗兰纳里写给她年轻时结交的、后来成为终生朋友的剧作家梅阿里阿特·李的。这封信字迹很潦草，几乎无法辨认，是弗兰纳里死后在她的床头柜里发现的，后由她母亲寄出。信的内容是对当时正为匿名电话烦恼的李提出充满自信而实际的建议。可见，她在临死之前还为朋友操心，这就是弗兰纳里。

　　见不得阳光的卑鄙之人和那些张扬自我本性的家伙同样恶劣，也许比后者更坏。对匿名电话不能采取不切实际的态度。不必太害怕，继续做你该做的事吧，但必须保持警惕。必要的话可报警。这样做也许会对那个家伙有所规诫。

　　不知什么时候我才能把短篇小说寄给你。状态一直不好，连字也打不了。

编辑书简集的是弗兰纳里的另一位终生朋友萨利·菲茨杰拉德。他认为弗兰纳里除了小说家的艺术习惯之外，还具有第二个好习惯，那就是"生存的习惯"。他认为弗兰纳里"这一'生存的习惯'通过其行为以及内在的气质和卓越的活力展现了出来。它逐渐以极具个性的方式显现在可见的事物及其生存之中，并被赋予特性，尤其还进而反映在她自身的言行上"。她的这种"生存的习惯"在其信件中也体现了出来。上面那封信不就是一个样本吗？

3

我一直在思考能不能用浅显的词语来表达上述含义的"习惯"，现在终于想到了"个性"这个词。如果举出具体人物来说明的话，或许更好理解一些。

为光主刀的森安信雄博士，后来也一直对光十分关照。我前面写过一篇有关他的文章，谈到他给我的感觉是一位颇具"谨直的幽默"的人。这并不仅仅是从少数几次和先生话家常时才得到的感受。

例如，在为光动完手术之后，森安先生表情严肃而又忧虑地与我说话，虽然我当时没有感觉到幽默，但事后回想起来，他无疑是一个谨直幽默的人。

先生曾经告诉我说，他的一个女儿在学医，对医治皮肤病很感兴趣。他在说这些话时，目光中带着少有的温和。有一次，先生请我给日本大学医学系的学生讲讲小说创作，他很少请我帮忙，我想当时听众里有他的女儿。他在会上说，皮肤科会遇到医学研究前沿的各种课题，就这一特点而言是极其有趣的。他讲话时，脸上流露出年轻学者那种生机勃勃的样子。恰巧那段时期，我对有关免疫学研究最新成果的科普读物很感兴趣，感觉森安先生的话很有道理。他那具有谨直的幽默的学者风度给我留下了深刻的印象。

现在回想起来，在各种场合中的谨直的幽默，都体现了森安先生的个性。正如上面所说，森安先生的个性大概也是深深根植于小学、中学以至大学的教育环境，当然也继承了双亲的个性和受到家庭的熏陶。我想，应该说这些影响并非有意识的，而更多是无意识的，日积月累才形成了森安先生的人品。

他选择医学作为自己的研究对象,当了一名医生,为众多的患者解除痛苦,同时致力于年轻学生的教育。可以说他是通过这个过程,有意识地磨炼自己。此外,他作为医学专家在国际医学会议上的活跃也是另一个起作用的因素。森安先生在这些过程中形成的个性令人仰慕。

作为患者或者患者的家属,当然非常信赖森安先生作为脑外科医生的渊博学识和精湛的外科医术,不过,在和先生的日常接触中,我发现森安先生的个性更能够激励患者。森安先生的实力不会发生变化,但是如果先生突然失去了个性的话,那么患者以及家属将会多么苦恼啊……

这样通过具体的人来说明,弗兰纳里·奥康纳在雅克·马利坦的学说基础上,提出的艺术的习惯以及生存的习惯的"习惯",完全可以与一个人的个性结合起来。显然,一个人的个性是在其职业、经历、家庭以及学校等所有环境的影响下,有意识或无意识地长期积累的结果。

而且,当一个人面对困难重重的新工作时,个性将成为从根本上支持、引导他的力量。或许人们要问，尽管本人确实会意识到自己的个性，可他能否积极主动地依靠这种个性为自己开创新局面呢？

现在让我们再回到艺术的习惯上来，就会得出明确的答案。当遇到创作中最最困难的关口时，继而我们想方设法克服困难，在经历种种失败才终于获得成功之后，我们会发现自己到达了一个从未有过的新境界。这就是我们平时积累的艺术的习惯。我看到弗兰纳里·奥康纳这么说的时候，感觉自己似乎也能够附和着她说"是的，您说得完全正确"。

同样的道理，当我们在日常生活中遇到困难的时候，生存的习惯不也会给我们带来同样的成效吗？一个人的个性必定会使他将来大有可为。

因此，我认为应该尊重自己的个性，也尊重家人的个性，大家互相尊重彼此的个性，使之逐步深化，不断磨炼，并以此作为教育的方式。的确，有时说"那是他的个性"，含有责备或轻蔑之意，但这句话不也潜藏着对一个人的重新评价、重新理解的积极含义吗？事实上，我常常会很敬佩许多优秀人物身上残留的疤痕般的个性。

没办法，干吧！

1

那是光上残疾人中学时候的事情了，可我感觉像是发生在很早以前。有一年夏天，我们在北轻井泽的山中小屋避暑。我每天带着光出去散步，一天我们去了不远处的照月湖畔。野上弥生子女士[1]在回忆录里提到过这个人工湖。她写道："北轻井泽的别墅区是战前法政大学的教职工们开发出来的。他们成立了一个'水道工会'，这样聚集到一起的人数超过一定范围时，会产生巨大的力量。"

---

1 野上弥生子（1885—1985），日本女作家、翻译家，原名八重子。在夏目漱石影响下开始文学创作，具有比较明显的现实主义倾向，作品有鸿篇巨制《迷路》等。

野上女士还写道："有一年避暑季节快要过去时，家住当地的别墅区管理人对我说，打算修一个湖。我觉得这简直是说梦话，也就没放在心上，谁知第二年湿地上的小河沟果然被堵截成了一个人工湖。"野上女士的笔端流露出愉快和惊诧。

我对照月湖怀有一种特殊的感情，是因为湖边栖息的一对秧鸡引导光第一次跟家人对话。光听了好几年录有鸟叫声和NHK播音员介绍鸟名字的唱片，却从来没有跟我和妻子说过一句话。来到北轻井泽的当天傍晚，妻子正在打扫别墅房间，我让光骑在我的脖子上，站在岳桦林里时，头顶上传来了几声鸟鸣。这时，光突然用清晰悦耳的声音开口说道："这是——秧——鸡。"

同样在这个照月湖，同样是与儿子有关，还给我留下了另一个难忘的回忆，它时常出现在我的脑海里，仿佛在催促我赋予它某种意义。这就是我在开头说的那个夏天发生的一件事。

那一天，我带着光坐上小船，划了近一个小时，绕湖一周后，回到渡口，要走上铺着木板的栈桥时，遇到了问题。光在小船上刚一站起来，船一摇晃，他就害怕得蹲下去，一动也不敢动。我在后面使劲给他鼓劲儿，可是，他只往前稍稍挪了挪脚，根本不敢迈步。这时，用手摁着船边，等我们上岸来的两个工作人员，是两个打工的小伙子，其中一个高大帅气的小伙子突然不高兴地站起来，转身朝租船的小屋那边走去了。小船立刻剧烈摇晃起来，我赶忙跳上栈桥，和小个子的年轻人一起，好不容易才把光弄到了栈桥上。

当时我对那个置船上吓得站不起来的孩子于不顾、甩手而去的年轻人居然生不起气来，否则，我肯定会追上去说他几句的。我对那个年轻人不负责任的行为只是感到茫然。今年夏天，我在北轻井泽车站附近的自行车租赁店前又碰见了那个一身演艺人打扮的小伙子，大概是打工休息时间吧，他正和几个姑娘在一起说笑。我百思不解的是，身材这么高大壮实的小伙子，怎么会在那么关键的时候，做出撒手不管的事呢？每次想到此事，我都感到不可思议，而不是愤怒。算起来，当年在照月湖渡口的那个小伙子，如今已是中年人了。我想，随着时间的推移，今后这类青年人在我国不仅真实存在着，而且还在不断增加吧！

我这么说是因为在电车里，或体育俱乐部的更衣室里，以及我发表演讲的大学礼堂以外的其他角落，我都屡屡遇见和照月湖渡口那个小伙子类似的年轻人。

每次遇到这样的年轻人，我都和第一次遇到时那样感觉茫然，与其说是生气，倒不如说是一种无法理解的感觉。尽管我不能确切地说，那年夏天在北轻井泽遇到那件事之前，自己没有遇见过类似的年轻人，甚至是小孩子……

2

这是十年前的事了，我下面要提到的这些朋友年轻时的模样，在我的脑子里还是那么清晰。和我一起从事讲座编辑的一位评论家对我说过这么一件事，编辑部策划给全国著名诗人以及尚不知名的诗人出版的诗集举办评奖活动，于是需要请几位名人来进行审评，可是由于报酬问题，未能找到合适人选。当然那是差不多十年前的情形了。当时，谷川说："大冈，没办法，干吧！"结果他们就把事情干成了。

谷川俊太郎[1]先生说服大冈信[2]先生一起审读了数量庞大的诗集，他们默默奉献了好几年的时间。尽管在诗歌领域，他们是日本国内、也是世界范围内的重量级人物，却依然抽出这么多的时间做这件事。"没办法，干吧！"谷川先生那独特、沉稳而又意志坚强的声音清晰地在我耳畔响起，他的这句话被我铭记在心。

我接送光去残疾人职业培训福利院时，常会遇到一些其他残疾儿童的父母，尤其是母亲。给我的印象是，他们都是些历经磨难的人。在后来的几年里，渐渐发现有几个家长不再来了，听说有的家长患了癌症，有的是把孩子送进全日制机构去了，还有的只是因为无法继续接送了。我和他们虽然没怎么交谈过，但每个人所具有的个性，与他们的孩子给我的印象重叠起来，清晰地留在

1　谷川俊太郎（1931—　），日本当代著名诗人、剧作家、翻译家。高中时开始诗歌创作，作品透出一种感性的东方智慧，先后被译成多种外国文字。被誉为"日本近代诗歌的旗手"。
2　大冈信（1931—2017），日本"第二次战后派"代表诗人、评论家。

我的记忆里。

总而言之，在这些父母，包括现在仍见得到的父母的人生中，一定都经历过至少一次的决定性瞬间，用"没办法，干吧"来给自己加油，并且一直把这个决心坚持至今。

人们看到这些残疾儿童的母亲，以为她们每天都在忍受着苦难，其实这不过是伤感的、不合乎实际情况的观察。事实上，残疾儿童也给父母带来极大的快乐。例如福利院组织孩子们出去郊游，傍晚的时候，这些孩子的父母，主要是母亲或奶奶，都来到指定地点等车回来，我有意无意地听到她们聊天，等到汽车回来后，再看看兴高采烈的孩子们和家人见面时的场面，就能感受到这一点。我自己家的情况，也使我更坚定了自己的看法。

应该说，这句话也真实地反映出我和妻子的实际感受。我和妻子为养育光这件事，曾多次在心里激励自己"没办法，干吧"。心同此理，其他父母也是一样吧。

我还这么想过，残疾儿童不会夸张地表现自

己正在经受的痛苦以及克服的困难，他们都具有很强的忍耐力，也许正是因为他们身患残疾，所以也会这样激励自己："没办法，干吧！"

我在加利福尼亚大学伯克利分校讲学期间，曾打国际电话训斥过儿子，因为儿子在家里不听话，妻子让我说他几句。大约过了十天后，儿子给我写来一封信，其中有这么一句："我已经不行了，再活二十年，太难了。"要是他真的变得这样绝望的话，某一天早晨从床上再也叫不起他来时，我们可怎么办？

其实，他之所以能够每天坚持去福利院工作，和同伴们友好相处，从午餐盒饭的细微变化中感受小小的乐趣，回家后听唱片，努力学习钢琴和练习作曲，其立足点就在于下定了决心："没办法，干吧！"不言而喻，我们做父母的以及全家人都受到了他的鼓舞。

3

我回顾光的成长过程，创作了几个短篇，合成短篇集《新人啊，醒来吧！》出版。说起来，这和我在那个时期集中阅读威廉·布莱克[1]的书籍有关。这部小说集的题目，就取自布莱克那首因赋予词汇独特含义而风格鲜明的长篇预言诗的序。

在欧洲十八世纪中叶至十九世纪中叶的动荡时期，布莱克以其具有神秘主义美感的版画和诗歌开创了独树一帜的艺术世界。他的思想具有两个特点。其一，他的思想与美国独立及法国革命的同时代历史紧密相连。他以基督教的意象重新解读美国独立宣言，还创作了讴歌作为人类解放标志的法国革命的作品。布莱克公开宣称希望拿破仑打败英国，因而被判处叛国罪。从那以后，仅从现实生活表面来看，他对政治的关心渐渐地淡漠下来了……

其二，布莱克是一个对于比欧洲基督教更古老的传统抱有信仰的幻视者。比起晦涩深奥的新柏拉图主义，布莱克的信仰较易于理解。他认为，一切人的灵魂原本都和天上的神在一起，然而，

---

[1] 威廉·布莱克（1757—1827），19世纪英国浪漫派诗人，版画家，主要作品有诗集《天真之歌》《经验之歌》等。早期作品简洁明快，中后期作品趋向玄妙晦涩，充满神秘色彩。

从天上坠落到了地上之后,却裹着肉体,过着堕落的生活。灵魂必须重新摆脱肉体,才能回到天上去。

布莱克认为,天真无邪的孩子比大人更接近天上的灵魂,体验、经验只是强加于纯粹灵魂的劳役。这就是在我国也受到众多读者欢迎的布莱克诗集《天真之歌》《经验之歌》的主题。

在这唯一一部以铅字印刷的普通形态出版的诗集(布莱克根据诗歌内容制成彩色版画,具有独特的色彩,采用手工印刷的方式,发行数量很少)问世之后不久,他又创作了属于短诗型的预言诗作品《塞尔书》。

《塞尔书》描写了一个名叫塞尔的姑娘,她居住在天上永恒的生命之谷,属于天使或者神圣灵魂种族,但她对自己的生存状态抱有疑问,就此与百合、云彩以及蛆虫等进行交谈。诗歌充满了怪异荒诞的气氛,却又十分可爱。塞尔终于听从了土块的劝说,穿过了从天上通往人间的大门。可是,她看到的却是一个充满泪水和悲伤的世界,便害怕地尖叫着,逃回了天上的永恒之谷……

当我的亲属中有人死于癌症的时候，我会想起布莱克的这首诗。因为他那歌唱永恒世界的词句是那么柔美动人，而配诗的版画更是美不胜收。同样，他以凝练的语言描绘的不能永生的人世间的寂寞恐怖以及不能永生的人类肉体的脆弱，无不具有强大的说服力。

我由此想到的是，包括我在内的所有降生人世的人，在这个随处可以听见叹息与悲伤声音的世界里，生老病死是我们这些凡胎的宿命。这就是说，我和受尽晚期肝癌的痛苦折磨，即将死去的哥哥一起听到的哀叹，其实正是我们这个世界的基调。我们却好像没有丝毫畏惧一样，从儿时开始一起快快乐乐地生活过来……

然而，当我们重新振作起来后，往往会这样想象：我们就是降临人世而没有尖叫着逃回天上去的塞尔，大概自己已经忘记了现在身在人世。其实当自己的灵魂降临人世间时，恐怕就已经下定决心了："没办法，干吧！"

当人到了一定年龄，亲朋中不断有重要的人离开人世时，就会不由自主地联想到十年、二十年之后自己的死吧。由于经历过这些人生体验，我感到自己日常生活中总怀有这样的坚定信念：既然自己的灵魂是叫喊着"没办法，干吧"下决心降生到这尘世上来的，那么，当这个世界完全笼罩在塞尔所看到的那种充满悲伤和苦难的色彩中时，除了用"没办法，干吧"来自我激励、勇敢地迎接新的挑战外，还有其他什么办法呢？

就在不到一个小时之前，也就是我正写这篇文章的时候，我的儿子在我的身旁发了病。我赶快站起来，帮着妻子把残疾的儿子扶到长沙发上躺下。当他烧得满脸通红瞧着我时，我不由得想到这篇文章所写的内容，有点为儿子感到难过。难道说儿子也是对自己喊着"没办法，干吧"而来到这尘世上的吗？然而，痛苦一过去，光便露出了微笑。从他的微笑里，我仿佛看到了"没办法，干吧"这一决心的积极成果。

独立个性的裂缝

1

我十岁的时候,就失去了父亲。那年他才虚岁五十,我现在已经超过父亲的这个岁数了。我常常感觉到自己是因为青少年时期失去父亲,才养成了无法克服的性格缺陷。

我的性格缺陷从根本上说,算是"无政府主义"吧。我一直提醒自己对长辈要有礼貌,可实际上往往不承认长辈的权威。与此相矛盾的是,我对于年长的专家,就像对待理想中的父亲那样,佩服得无以复加,对这样的人,我就丧失了批判力。

这不就等于说在人与人之间难以建立相互独立的关系吗?我不知道心理学家是否把我这种性

格归因为从小缺少父爱。我总觉得，自己是在没有严厉的父亲管教的环境下，自由自在无拘无束地长大成人的，直到老年。

也许我这么说有些唐突，这使我联想起萨特[1]。我和他见过两三次面，发觉他的性格和我很相像，因而产生了亲近感。他在自传中说过这样的话，大意是"命令别人时，自己一定是微笑着的"，我对此颇有同感。以严肃的表情命令别人，或被人命令，这不正体现了父亲与儿子之间的关系吗？萨特也是幼年丧父的。当他晚年必须站在父亲的立场上对待那些年轻的革命家时，反倒像个年幼的儿子一样听命于他们的引导，甚至于唯

---

[1] 萨特（1905—1980），法国作家、哲学家。存在主义主要代表之一。曾去德国留学。参加过抵抗运动。曾创办《现代》杂志，并担任《人民事业报》社长、《革命》月刊主编、欧洲作家联盟主席、世界和平理事会理事。1964年获诺贝尔文学奖，但拒绝接受。1971年在巴黎组织解放通讯社。在哲学上，主要有《存在与虚无》《辩证理性批判》《存在主义是一种人道主义》等著作，提倡"无神论的存在主义"，并运用现象学原理系统地阐述他的存在主义哲学。20世纪50年代后，提出"存在主义的马克思主义"。在文学上，写有剧本《苍蝇》《恭顺的妓女》《禁闭》，小说《自由之路》《恶心》等。萨特是作者研究的主要对象。

命是从，这恐怕就是这种性格造成的吧？

现在再说我自己，每当别人要把什么会长、理事长之类的，在某团体内充当一家之长的名分加到我头上时，我几乎都会陷入惊慌失措的状态，想方设法地逃避。再说，我也实在做不到认真履行社会上通行的那套繁文缛节，于是，我就采取打哈哈装糊涂的办法，溜之大吉。

如此看来，可以得出这样的结论，我早年丧父的后遗症，形成了成年后自己也不具有独立自我的性格缺陷吧。我意识到自己已五十过半，在本来应有的成年人的独立个性上，却始终存在着一道孩子气的裂缝。

有时候，我发觉自己会以孩子向大人撒娇的态度对待残疾的长子，在别人眼里很可能觉得怪异；甚至有时候觉得光很正常地成熟起来，变成一个严肃认真的大人，对我表现出特别的宽容。

正是这个缘故，我从没有接受过证婚人这类典型的成年人角色的委托。然而，由于不得已的特殊情况，因为是我和妻子都很亲近的一对新人，我决定当一回证婚人。新郎差不多算是中年人了，结过一次婚,是英语教育领域的专家,新娘是初婚,美丽端庄。

因此,当我从证婚人的角度重新审视这位和我的家人已交往了近十年的新郎时,也有了新的发现——因为我是以证婚人这样的成人眼光,而不是从以往愉快的朋友关系,即小孩子那种玩伴的角度来看他的,我发现新郎的性格里也存在着独立个性的裂缝。

于是,我想在婚礼上的证婚人致辞中谈一谈这个新发现。也许作为证婚人,这样致辞不太合适,这本身就是一种孩子气的行为……

下面,我想把婚礼举行之前写的致辞引述一下。

2

今天,顺利举行了Y先生和H女士的婚礼,新郎新娘不用说了,一直为这个婚礼操心的双方亲属也一定非常高兴。

我和妻子是第一次担任证婚人,当然非常高兴,恐怕也多有不周之处。担任婚礼司仪的新郎新娘的朋友考虑到我这个证婚人没有经验，从介绍新郎新娘开始，所有必要程序都做得很完美周到。下面，我想发表一点自己的感想。

我和妻子结婚时的证婚人是伟大的法国文学研究专家渡边一夫先生，这是非常荣幸的事，但参加婚礼的七位人士中，也包括不久后成为我文学生活中最大劲敌的江藤淳。我的伯父是男方亲属的代表，他也许是想要恭维证婚人，问渡边先生："先生，听说法国人吃红烧青蛙，有这回事吗？""红烧……"渡边先生一时语塞，然后说道，"我还真不太清楚啊。"今天是我们夫妇时隔三十年参加的婚礼，所以，我妻子不免有些紧张，还是让她先坐下来吧。新郎新娘当然也请坐下来吧。

我是作家，Y先生是英语教育领域的优秀专家，我们是老朋友了，准确地说，Y先生不仅是我的英语老师，也是我们家里三个人的英语老师。虽然今天我穿着新做的、不太合身的礼服，Y先生也身着令H女士芳心荡漾的崭新礼服,不过,我们是穿着游泳裤认识的。

中野有个TAC体育俱乐部,我参加这个俱乐部已有二十年了。我一直只游自由泳。我的游泳技术和参与精神受到众人的好评,不久前被选为理事。我因此感慨地说:"多亏我只会自由泳!"Y先生也是俱乐部的积极分子。我们在认识的头一年里,总是在游泳池里探讨怎么提高游泳的技术……

后来,我发现Y先生的行为有些奇妙。游完泳后,他总是在桑拿室或更衣室里和别人聊得兴高采烈,有时还用英语和外国记者交谈。和日本人聊天时,Y先生为了营造愉快的气氛,爱说一些不太雅的俏皮话,扮演滑稽的角色。可是,当他用英语和那些相当有身份的外国知识分子交谈时,却毫不服软地跟他们展开辩论,结果建立起了相互理解的关系。他常常很准确地引用一些高雅的诗句,这在日本人的谈话中是很少见的。他在使用日语和使用英语时,表现出的这样截然不同的人格引起了我的兴趣，他究竟是什么人物呢？

于是，我决定请Y先生做我的英语老师。晚上，他在四谷的办公室里给我单独授课。使用的教材是牛津大学一位教授写的但丁研究论著，是我当时每天从早到晚都在读的书，一直读到去游泳池之前。但丁这本《神曲》尽管描写了大量的恐怖与苦难，然而，众所周知，全文的最后一行是以"爱情"开头的。我想，这一行诗句对于今天的婚礼是再合适不过了。

"爱情，可以移太阳而动星辰。"[1]

对于我了解很多英美文学但英语发音却很糟糕这一点，Y先生似乎感到很吃惊，在座的各位也有这种感觉吧。因此呢，我听着Y先生音色优美地朗读课文，真是一种享受，所以，学习持续了很长时间。不久前，我要去公爵大学作一次关于日本现代文化的讲演，

1　原文为英文，"The love which moves the sun and the other stars."

Y先生把我的讲稿译成英文，并教我正确地朗读。那是我在外国做过的最成功的一次讲演，不用说译稿受到了极高的评价。

恰好我的次子为准备高考在家复读，便跟着Y先生学习英语了。上课地点就在我家的起居室，教材是爱因斯坦的书信集和叶芝的评传，方法是一边通读教材一边用英语讨论。我的妻子忧虑地说："照这样的话，除了东京大学的理科之类会出这样高难度的英语题外，其他学校就悬了！"到了第二年春天考试，果然不出所料，十分理想，实在可喜可贺。

而现在跟着Y先生学习英语的是我的妻子了，她每个星期通过电话上一次课。妻子继承了伊丹万作导演好学的血统，对她来说，每周五早晨的英语课是最愉快的时间。现在妻子用的教材是《哈姆雷特》，她说老师的音色特别有魅力。不过，她过度的热心让我纳闷，就问她感觉怎么样，她说老师读的奥菲利娅的音色最好，可我没有这样的感觉。

3

我觉得对于Y先生来说,上面提到的日语和英语的双重性应该是个重大的人生课题。我国外交官中不乏英语流利、能用英语写文章的人,也有不少美国人能讲一口漂亮的日语。但是,Y先生的日语和英语的双重性却不止停留在这种应用技巧的水平上了。这是他的命运。Y先生的人生,从少年到青年时期,一直在体味其中的酸甜苦辣。

我这么说并非自己无根据的揣测。Y先生写过一篇没有发表的小说,题目是《半个日本人》,意思是说自己是半个日本人。我看了以后,更觉得他很了不起。这篇小说是自传性的,描写一个从小在英语环境里长大的日本人,青春期经历了自我身份认同的严重危机,靠着坚韧不拔的努力,终于渡过了危机,以积极的态度认同了"半个日本人"的自己。

我认为,在今后的日美关系中,最需要

像Y先生这样的优秀人才，无论在观点上，还是在学识上，都能够在日美之间架起真正理解的桥梁。像他这样在日语与英语、日本人与美国人之间的裂缝中痛苦生存，具有坚强的独立个性的人，才是今后日本英语教育领域最需要的栋梁之才。我衷心地希望这样的人能够拥有一个美满幸福的新家庭，使工作没有后顾之忧。

我觉得，Y先生选择了H女士这样漂亮端庄、热情大方的姑娘喜结连理，实在是人生难得的佳遇。

另外，说一点只能在这里说的话。就像我对新娘的赞美一样，Y先生在说英语的时候，有时仿佛变成了一个可敬而地道的美国人，这实在太了不起了。但是，Y先生在说日语的时候，似乎考虑过于细致周到，把日本人表现得有点过头。有些玩笑谦逊得令人担心。我的意思是说，Y先生虽然已经克服了身份认同的危机，但在这位日本人和说英语的人之间毕竟存在一道很小的裂缝。填补这道裂缝的人自然非H女士莫属了。靠什么来填补呢？用但丁的话说，就是靠"爱情，可以移太阳而动星辰"。

非常感谢在座的各位听我这个没有经验的证婚人讲这么长时间的话。衷心地恭喜新郎新娘的父母亲，衷心地祝福Y先生和H女士新婚美满。

4

妻子觉得我写的证婚人致辞不太合适在婚礼上发表。当时离婚礼还有一段时间，我也许会被妻子说服，重新写一份致辞。我还听见妻子打电话给朋友，询问在婚礼上是不是不该用"裂缝"这种词。

现在回想起来，倒是妻子为了完成证婚人这个任务，表现得非常积极：选择"大安"吉日，给新郎新娘送上我们的小小贺礼，拉我到百货商场购买出席婚礼的礼服及其他物品，好像还买了证婚人必读之类的书回家读。

所以，在我们家里，扮演"父亲"这一成熟

大人角色的其实是妻子。她也是幼年丧父，她的母亲是大家闺秀。她那继承父业也当了电影导演的哥哥，和我从高中时期开始就是好朋友。我可以非常肯定地说，她的哥哥具有彻底的"无政府主义"性格，因为他是生长在早早就失去父亲这个"专制者"的家庭环境里的长子。

所以，我的妻子还在小学低年级的时候，就会想到背着母亲把配给的大米偷偷藏起来，以补充后半个月的口粮，因为母亲总是把配给的大米提前吃光。她有时还得劝阻母亲不要把生活费都花在给哥哥买高级绘画颜料上。一直以来，这个沉稳的女孩子充当了"严父"的角色，守护着艺术上无拘无束、才华横溢的哥哥和温柔美丽的母亲。

每个家庭都一样

1

我在第一篇文章里，引用了长子写给母亲的生日贺卡上的一段话。当时他的落款是二十六岁，所以算起来已是两年前的事了。这两年间，我们家里发生了不少事情。其中比较大的事件是，和我们住在一起的岳母因大腿骨连接骨盆的部分骨折而住进了医院。虽然她脑子有点迟钝，但腿脚还好，每天一到傍晚，她就会挺直腰板，在大门与房间门之间来来回回走个不停，终于有一天早晨，她说自己腿痛。

妻子开始忙起来，我留在家里，接听妻子从医院打来的电话，这倒使我对我国目前的医疗现状窥见一斑，诸如医学上还未攻克的难题、医疗技术的进步，等等。拍了X片，发现岳母腿骨骨折，必须住院，恰好医院的老人病房有空床位。我们刚放下心来，又听说两边的床上都是男性患者。

岳母有点特殊的洁癖，十年前她还拒绝在医生面前露出自己的皮肤。对老年人的健康检查也一向不愿意去，五六年前发现她患有肺结核时病情已经相当严重了，这才住院治疗。我在别的文章里写过，在办理相关手续时，我被女咨询师好一顿数落。她说："你对这种患病老人放任不管，任凭她的结核病菌到处散播，这不就是对社会的犯罪吗？"

让岳母与两个陌生的男人同病房，尽管彼此都是老人，但万一被她知道了，那局面就不好收拾了，因为她暂时得在床上大小便。

于是我找在体育俱乐部相识多年的一位大学老师帮忙，最后他帮着在附近的一所大学附属医院找到了合适的病房。最近长子也开始在这家医院治疗。住院后，经过主治医生彻底而又准确有效的诊断治疗——岳母自己说是天生性的骨折——以及护士长、护士们热心的照料和鼓励，岳母很快就痊愈出院了。

然而，岳母住院一个多月回到家里后，脑子似乎比骨折之前更不好了，我和妻子都觉得这是没办法的事，至少身体恢复健康了。

今年妻子生日那天，家里人依照惯例都写贺卡表示祝贺。我当时为了文学奖评选，正在阅读森亮先生翻译的十七世纪英国诗人赫立克[1]的作品，从中获得了愉悦的感受，便抄了一首赫立克的四行诗送给妻子。

> 幸运悄然降临我家屋顶，
> 犹如无声的积雪和夜露。
> 幸运并非突然降临，正如阳光照耀树木。
> 温暖和煦的光芒，将洒向每根枝丫。

我们这个家和所有家庭一样。经验告诉我，

---

[1] 赫立克（1591—1674），英国资产阶级革命和复辟时期最著名的"骑士派"诗人，有"英国最杰出的抒情诗人"之美称。

每个家庭似乎都是这么想的,或许我的家庭稍稍强烈一些。我本想这么写:"尽管生活多灾多难,如果把家庭成员比作一棵树上的树枝,阳光早早晚晚会照射到每一个人身上,而树根树干反应会强烈一些,因为妻子生性不屈不挠……"但由于送贺卡是多年来的习惯了,就引用了赫立克的四行诗来代替这些话。

2

但是,看了残疾的长子写在贺卡上的话,我和妻子都感到非常意外。

　　祝妈妈生日快乐。今年五十六岁的人好像越来越多了。请您多多保重身体,不要得感冒。我不会写很大的字。我写文章不太好。
　　每天,我喜欢傍晚,因为端来晚饭。每个家庭都一样。说是傍晚,就是五点。
　　您的牙还好吧?每周三,我去牙科医生那儿,我会小心的。
　　我不怎么害怕。

光虽然是个个性非常认真的人——他对我发脾气，通常都是因为我跟他开玩笑过头了，从小到大一直是这样——但他总是有意识地使自己说话或写文章带些幽默感，尽管有时也是无意识造成的幽默。

　　因为是年初写的贺卡，他想，今年一定还有许多人和母亲一样过五十六岁生日，这的确没错。不过，每天也有人进入五十七岁，他却装作没有意识到，可见，光是想要制造幽默。所以他写了"今年五十六岁的人好像越来越多了"。

　　每周三要坐电车去牙科医院看牙，是光的真实情况。他小时候牙没长好，所以总刷不干净牙，三天两头地闹牙疼。还曾经给光做过全身麻醉后同时拔去好几颗牙的手术。那次做手术时，我十分紧张地坐在候诊室里等候，这是自从他出生后不久做头盖骨手术以来没有过的。

　　进入青春期后，光出现了癫痫病症状。由于连续服用抗癫痫的药，副作用导致牙龈红肿，出现了草莓状的红泡，因此不敢让他用牙刷刷牙，结果他的大部分牙齿开始松动，口臭也越来越厉害。

但是，自从妻子带着光去梅之丘的牙科医师会牙科中心（对于家有残疾儿童的母亲来说，牙科中心简直就是救命的福音）就诊之后，在牙齿保健人员细心周到的指导下，光的牙龈状况明显好转。看着光每天晚上使用各种不同形状和功能的牙刷刷牙时，我不由得为这母子俩付出的努力而感慨……

牙龈状况好转以后，下一步需要由牙科医生拔牙和安假牙。现在光的牙齿治疗已经进入这个阶段，其实今天下午我就要陪他去医院治牙。医生预先告诉我这次需要很长时间，于是我一大早就开始工作，想在去医院之前把底稿写出来；光自己好像也很担心，但是他反而想安慰母亲，所以写了"我不怎么害怕"。

光写的中间那段话的情况是这样的。最近一段时间，岳母越来越频繁地在起居室和大门口之间来回走动，就像是在等约好来访的老朋友。过去，只要看见信箱里有报纸，哪怕是一张小广告，她都要拿到起居室里，交给在看书或写作的我。

她是个自尊心很强的人，开始的时候，她会一直拿着小广告等着我从椅子上站起来恭敬地接过来。直到两三年前，即使不送邮件等，她每天也进来询问家人的安康，而现在她只是在大门口和房间门之间来回走动，雨天也不例外，不一会儿就把门口的脚垫弄得净是泥了。

我真怕她摔倒再次骨折，可是她每隔三四分钟就在大门与屋门间来回走一趟，谁也劝不住。我们干脆就把这当作一种有益健康的运动，随她去了。只是对外祖母的动静光似乎心里很难受。光从福利院回来后，总是躺在起居室里听音乐或者作曲，对于外祖母走来走去的声音，隔着门听得真真切切。

有时天刚蒙蒙亮，岳母就开始走动，午后快到傍晚的时候，最为频繁。最近我们开始经常带岳母去老年人健康中心了。一天，为了填写中心管理人员送来的调查表，我在房间里一边工作一边在稿纸边上记录她开关大门的次数，竟然记到了一百多次，只好作罢。

每天到了五点左右，尽管还不到家里人吃晚

饭的时间，妻子就把岳母的晚饭送到起居室来。吃完晚饭，虽然也有例外，但岳母一般就待在自己卧室里，不再走来走去了。于是，每天到了这个时候，光因外祖母而感到烦忧的心情，算是得到了消解。我想他大概是这样感觉的，所以才写了"每天，我喜欢傍晚，因为端来晚饭。每个家庭都一样。说是傍晚，就是五点"。

光在这里是想强调，对于自己来说，给外祖母端来晚饭的五点才是最令人高兴的傍晚。

3

最让我和妻子感慨的是"每个家庭都一样"这一句。那已经是几年前的事了，每次全家人聚在一起的时候，即使话不多，外祖母也是一家人的核心。她对光说话时语气格外和蔼，因而外祖母和光这一组合就成了家庭的轴心。但是后来，外祖母便不再进起居室来了。即使进来送报纸或小广告，等我一接过来，便立刻回客厅去了。她有时把门打开一道缝往外面看，一看见光要上二楼，就马上出去挡在他面前，跟他说一些话。可是她跟光说的话，往往都是他理解不了的问题，所以光只好低着脑袋不吭声。比如外祖母向光打听她明治末年死去的哥哥的消息，等等，或许外祖母觉得光和自己的军官哥哥年轻时有几分相像吧……

妻子整天忙于家务以及我工作上对外联系的事务，所以除了给母亲端饭、送点心外，很少去客厅陪母亲说话。女儿在大学图书馆工作，每天很劳累，连周末也难得和外祖母聊聊天。这不就成了只有外祖母不像是家里成员一样了吗？所以说"每个家庭都一样"。

我和妻子也渐渐感觉自责起来。后来，妻子在客厅里陪母亲的时间似乎多了一些。到了樱花盛开的时节，我们打算找一天带光去成城大街赏花，在这之前先带岳母去周边观赏染井吉野樱和山樱。准备出门时，像以往一样，妻子和岳母一再叮嘱躺在起居室里听FM的光好好看家，光则是一副无动于衷的样子……

岳母已经不可能对现在的事情表现出强烈的关心了，也不能头脑清楚地回忆往事、和家里人聊天了。光近来连续好几次癫痫病发作，每次都挺厉害，身体消耗很大，所以要更加小心地接送他去福利院。一直接送光的次子从四月份开始就转到东京大学本乡校舍学习了，也就不能靠他接送哥哥了。我自己随着年龄的增长，如果早晨和下午去两次福利院的话，中间这段时间就没有精力工作了，总想躺在沙发上。

十五年前我们家庭的那种感觉，那种充满生气的康复状态已经一去不复返了。曾经以为这一切能够永远延续下去。我常常会陷入这种感伤的怀旧情绪中。

那个时候，在北轻井泽的别墅里，光每天早晨带着弟弟妹妹跑"马拉松"。我结束了一天的工作后，就小跑着到熊川去钓鳟鱼。妻子则爬上后山，从一般人不注意的洼地里采摘女娄菜，仔细写生。住在关西的岳母每天从电话里听到我们这些日常生活的点点滴滴，都仿佛听到什么大喜事似的，总是兴奋地问这问那……

但是，我不能总沉浸在这种伤感的情绪里。再说也没有时间伤感。最近，光只能断断续续去福利院。我送他去时，听说年底要更换老师，还要来一些新生。光要继续治疗牙齿，家里的其他成员也都有各自需要面临的新工作和新的学习环境。还有岳母，一到午后就开始来回走动……

但是，在这种家庭日常生活的变化里，虽然不断有东西被毁坏，却也让人对于不断有什么东西会从毁坏中恢复、再生出来抱有希望。像岳母这样的智力衰退恐怕没有可能康复了，我是从有关老年性痴呆症的书上看到的，里面登有人脑缝隙的照片。尽管如此，从发展的眼光来看，也许有一天我们会这样回忆，毁坏之后仍然会有康复，我们自己不是都生活在这康复之中吗？我有时候甚至觉得，自己正是为了学会以发展的眼光看问题，才活在这个世上的……

异人

1

这是早在十五年前的事了。那时候,伊丹十三还没有获得国际著名电影导演的声誉,我和司马辽太郎[1]先生谈话的时候,听到他说了一些对伊丹充满深刻理解和勉励的话,感到格外高兴。

司马先生说:"他是个异人。"虽然司马先生没有具体解释,但我觉得这句话和我对伊丹的感觉完全吻合。从十六七岁开始我就和伊丹十分亲近了。

---

1 司马辽太郎(1923—1996),原名福田定一,笔名司马辽太郎,取"远不及司马迁"之意。以历史小说著称,作品众多且频获大奖,被誉为"日本大众文学巨匠",是最受日本国民欢迎的作家之一。

翻开手边的辞典，上面是这样解释的：

    异人：①与众不同的人，优秀的人。《椿说弓张月》[1]后编云"我国每逢天皇治世，必有一异人降临"。②其他人，别人。③会奇术之人，仙人。④外国人。(《广辞苑》第四版)

伊丹去司马辽太郎先生府上拜访，提出想要实况拍摄司马先生的文学创作情况的建议，征求司马先生意见。那时，伊丹首创了电视历史纪录片这种新形式，刚刚拍摄完大佛次郎的《天皇的世纪》系列片。

司马先生没有答应伊丹的要求，但在与伊丹的交谈过程中，深深感觉"他是个异人"。

伊丹一定熟读过司马先生的全部著作。伊丹在读书方法上具有与学者不同的集中读书性。在此基础上，他详细地向司马先生说明了自己拍摄

---

[1] 《椿说弓张月》，曲亭马琴著，日本江户时代武侠小说，描写一代将军源为朝的故事。

纪录片的构思。司马先生听完之后或许感觉到某种危险，即对于伊丹独特风格的担忧。如果用伊丹的手法把司马先生创作的以幕末、明治时代为题材的著作拍成电视剧，那么它所表现出来的日本人的国民性、国家的特殊性等，势必超越一般的保守观念。

虽然我不具备对司马先生的整个创作进行前瞻性评论的能力，但从很早以前开始，我就是先生著作的热心读者之一。我还曾经为他的早期小说《神机妙算之人》写过腰封。我上过的高中（伊丹从该校中途退学，后来想复学，却被原先的班主任兼音乐老师拒之门外。我和他一起去见老师时，他也不为自己辩解，倒是我拼命地在为他争辩，最后他对我说："健三郎，算了吧，走吧。"伊丹的声音至今还留在我的耳边），其前身也是正冈子规上过初中的中学。司马先生有关子规的创作给我留下了特殊的回忆。

司马先生丰富的人生阅历和叙述技巧，将虚无主义历史观的棱角柔和地包裹了起来。如果把有关明治、大正、昭和的天皇观问题直接展现在屏幕上的话，难免会引发麻烦的具体问题，尤其是伊丹拍摄出的充满鲜明想象力的画面……

我是在芝加哥大学历史悠久的卡德兰古尔俱乐部的一间屋子里，回想起与司马先生的这番谈话的。今年是芝加哥大学成立一百周年，从六月中旬开始举办各种各样的纪念活动。我要在其中的日本研究所举办的百年庆典上演讲。第二天，要和来自美国各地大学的理论家开一整天研讨会，我对此很感兴趣。听众不太多，主要是大学教师和研究生，不过个个都是以一当十的口才，滔滔不绝地向我发问。

我在上午的研讨会上，没能具体引述一位日本思想家的有关文献，便利用午休时间，用大学发的临时借书证，到开架图书馆去查找。这时，该校的电影研究俱乐部来人找我，告诉我说，伊丹导演在日本遭到三个黑社会暴徒的袭击，脸部等多处被刺伤。

我从卡德兰古尔俱乐部给东京打电话，向妻子了解情况，妻子是伊丹的妹妹，她似乎已经从惊恐中恢复了镇静。我回国以后，她把那几天的日记（长期以来她每天都在写）拿给我看，写的是"丈夫在美国，我可以自由地支配时间，去探望哥哥"。

日本各个媒体都对此事做出了反应。我在美国，从《洛杉矶时报》上看到经过认真核查事实的严肃的评论。我发现这些报道有一个共同点，它们并不是把评论的重心放在地痞流氓对伊丹施行暴力这一行为上，而是提出下面这个问题：伊丹导演的电影被称为"社会派"，但是，他真的是"社会派"吗？是否是受到国税厅和警察厅大力支持的"社会派"呢？

据我迄今为止的观察，伊丹的脑子里恐怕根本没有"社会派"这样的自我意识吧。他倒是认为，一般被称为"社会派"导演的电影，虽然不能说全部，但大多数没什么意思。

伊丹想要创作出有意思的电影。他的总体构思和细节把握以及导演技巧，能够将现象背后最本质的东西表现得淋漓尽致，这就是伊丹电影最危险的地方，而司马先生从电视纪录片的构思中就已经看出了这一点。

2

几年前，岳母查出患有肺结核，住院那天，伊丹亲自开着他那辆豪华小汽车送母亲去医院。伊丹是个爱车如命的人。这次遭到暴徒袭击，就是在他正从自己心爱的英国宾利车后座上拿东西的时候。如果车子也遭到破坏，一定会让他更加痛心的。他这种"日常感觉"的有趣之处与一般市民的日常生活感觉有所不同，犹如《葬礼》[1]里笠智众扮演的和尚乘坐劳斯莱斯轿车出来那样。我和他好久没见了，那天我们在舒适的医院病房里谈了很长时间。

和伊丹见面的那天，我因为岳母的病受尽责难，伊丹倒是悠然自得，一副与己无关的样子。事情是这样的，岳母的肺结核病已经相当严重了，我们却一直听之任之，没带她去医院看病。我作为户主，在办完住院手续之后，被女咨询师狠狠训斥了一顿。她说这不仅是对岳母极端的不关心，

---

[1] 1984年伊丹十三首次执导的电影，导演本人因此一鸣惊人。

也是对共同生活在一个家庭里的子女以及社会的犯罪。我无法使为岳母看病的医生相信，虽然岳母表现出高雅的修养和社交性的举止，其实她几乎病态般地厌恶医院。

此时，伊丹仪表堂堂地坐在离我不远的地方，也不为我说一句好话。那位女咨询师好像对电影演员兼导演的伊丹十分熟悉，甚至还是他的影迷，所以我想她大概是满怀强烈的使命感，要替伊丹谴责我这个一直虐待岳母的女婿吧。伊丹在接受《纽约时报》记者采访时，还以心理分析的口吻说："和这种性格的母亲住在一起的人都是受虐狂。"他的言论使我的那些美国朋友觉得很郁闷……

伊丹埋头研究心理学的时期——他甚至和研究弗洛伊德、拉康的学者一起出过书，由于小时候受母亲过分呵护，现在与曾经压制他的母亲在心理上已分道扬镳。他说的是与这种特殊性格的母亲共同生活的人，所以并没有对我和妻子进行人身攻击的意思。

岳母去有关科室接受各种必要的检查时，在

她的病房里，伊丹对我谈起他的电影导演规则。美国的优秀电影肯定都要遵守这种规则，而日本电影几乎没有这种规则，他自己打算彻底遵守电影的规则。

他讲得很有意思，我想这规则大概可以和如何思考小说创作里的情节等同起来。最近我正好陪休假的女儿看了一部WOWOW[1]集中播放的美国花巨资拍摄的大片——我已有十几年没看美国大片了。

我们看的是《回到未来》三部曲。该片的显著特点是对故事情节反复推敲，精益求精。第一部的构思已经具有很高水平了，第二部又在此基础上，集思广益，向更高的水准前进。第三部则更上一层楼⋯⋯

伊丹对自己导演的电影也是千锤百炼，精益求精。这不仅体现在他的《女税务官》等系列作品里，在他后来制作的影片中感觉更加鲜明。伊丹属于具有丰富的创作实践经验和才华的导演类

---

[1] 日本一家民营电视台。

型——虽然他原本是个普通的知识分子，而不是那种专业理论家。因此，他讲的那番话似乎被我简单化地理解为"情节第一主义"了。

《民暴之女》是一部高质量的吸引人的电影，即使是我印象中与伊丹在感情上敌对的评论家也承认这一点。为了给这部投资巨大的电影进行必要的宣传，伊丹亲自在各种媒体上发表谈话。例如参与《杜绝民事暴力的导向与对策》之类的节目。这样的节目确实给我们市民提供了有用的知识，并且是经过周密细致的调查得出来的。当伊丹还是随笔作家的时候，他的文章中最有意思、最有益于社会的还是各类采访记录。虽然在他成为电影导演之前，走过很长曲折的道路，却积累了日后属于他自己的知识与方法的资本。

伊丹为了宣传电影而在电视上露面、演讲有关民事暴力的问题，所以被人简单化理解也在所难免吧。其实，伊丹为如何将自己的电影推荐给第三者的确下了一番功夫，可是，有时仍难免会使人简单化地误解导演拍这部电影只是为了图解民事暴力。即使不是民事暴力，这类图解式电影也很多，所以误解多于正确理解是很正常的。然而，伊丹的电影具有多面性的特点，是不能如此简单地理解的。评论家们难道不应该写出有别于媒体炒作这种简单化水平的、真正评价电影内在本质的文章，介绍给观众吗？

有人认为，暴徒看过这部电影后大为恼怒，所以袭击了伊丹。我对这个说法表示怀疑。实际上，导致暴徒犯罪的不正是媒体在《民暴之女》放映前过于简单化的评论宣传吗？优秀的艺术作品只能引发接受者在接受作品过程中的情感，也就是说，具有不使这一情感泛滥到作品之外的某种保驾的东西。伊丹电影中经过精工细作完成的情节构思应该充分达到了这种理解关系。

3

我在美国的最后一站是到瓦胡岛和夏威夷岛的大学去演讲。那边比起美国本土来，更能及时得到日本方面的消息。好几个人跟我说了伊丹的伤势情况、会见记者的谈话内容。其中给我印象最深的是，伊丹说到自己拍摄的电影主题是自由，今后还要继续表现自由的题材。我从这句话中感受到与简单化丝毫不沾边的真实。

我和伊丹初次相识是在高中二年级，当时他对学生必须穿校服的规定非常反感。对他来说，日常着装是一个不容忽视的问题。后来，他发现有的校服纽扣不是金色，而是黑色的，才强忍了下来。我发现他最近在欧洲会见记者的照片里穿的是立领中国服，不禁想起了四十年前他穿校服时的模样。

与自由相对立的东西，是压制、顽固、苛刻，等等，可见伊丹曾经受到过这些东西怎样的折磨啊。倘若高中时那个教音乐的班主任能够重新接纳伊丹，他就能和我们一样准备高考，就能考上大学，遇到他喜欢的好老师，使他天性好学的愿望得到满足。可是，他高中毕业后就进入了社会，做过绘画、插图等各种辛苦工作。毫无疑问，这一切经历都成了他日后做电影导演的养分，然而，他本来可以更顺利更幸福地施展其才华的。

伊丹的所有随笔都真实地体现了他的个性，因为当时能够发表的地方大多是通俗读物，所以想必他在文章的写法上着实费了一番苦心,尽管不至于妥协,却也徒增了许多辛苦。可想而知,伊丹在成为电影导演之前,和当时的许多苛刻制度进行了多么顽强的斗争啊!他那自由高于一切的思想又是多么的深刻而又沉重啊!

4

伊丹很快出院了,没有留下后遗症,然后立刻投入到了下一部电影的素材搜集工作中。不光是亲朋好友,许多不相识的人也都给他送来鲜花表示慰问。才华出众的女演员信子[1]把其中一部分花分赠给了我们。她和妻子谈起有人背地里用卑鄙龌龊的语言攻击我,但是攻击者不是地痞流氓,而是艺术院会员。她说:"阿由,让我们女人来保护男人吧。"性情稳重的妻子听了,只是含蓄地微笑着。

伊丹的康复不仅给他的家庭,也给我的家庭带来了活力和快乐。

---

[1] 即伊丹十三的妻子,演员宫本信子。

经过斟酌的话

1

有时我听到别人讲话，会感觉特别有意思。虽然多年来一直有这种经历，但每次体验都感到十分新鲜，也让我思考什么样的话才是真正有意思的。知识渊博者的话，阅历丰富者的话，听起来都觉得很有意思。经历过不可思议的恐怖体验的人说的话就更不用说了。相比之下，有些人虽然具有专业知识（到了一定年龄，无论什么人都或多或少具有一些知识），却只会照本宣科地讲话，对此类讲话我就很难一直聚精会神地倾听。

我回想一些具体的例子，思考哪些人的话使自己从心底里真正感觉有意思时，得出了自己的答案，很简单，就是那些说话经过斟酌的人。这并不是说从文体到用语都要一一精挑细选。只要这个人说出的一段话里有一两个经过认真选择的词语，并成为其话语的核心，就可以使听者感到充满睿智的熏风拂面而来，过后每每想起那个词语来，都会感觉回味无穷。

那么，经过怎样的选择才能使说话有意思呢？通过学习（研究）来选择语言是第一种方式；人生经历使语言得到提炼是第二种方式；而最常见的则是将上述两种方式结合起来的第三种方式。

我们家有一位朋友，就是优秀的钢琴家海老彰子女士。今年秋天，我的残疾儿子将自己创作的曲子合编成《大江光的音乐》CD（COCO75109）出版了，给我们全家带来巨大的喜悦。这些曲子以海老女士的钢琴演奏为主，还邀请了同样是我们最尊敬的小泉浩先生吹奏长笛。妻子把正在指挥的光和背对我们吹奏长笛的人速写下来，以备将来作为我这篇文章的插图。过后不久，有好几个人问，那个吹长笛的人是小泉浩吧？在对CD进行录音剪辑时，我才第一次听到海老女士与小泉先生合奏的长笛与钢琴协奏曲《毕业》,不由得百感交集,胸口仿佛被粗而有力的手指抓挠着一般……

我看了海老彰子女士在音乐杂志上的访谈,或在音乐会说明书上发表的文章,发现其中有我刚才所说的那种真正经过选择的语言,我从中感受到了一种幸福,仿佛刚刚与这位雍容美丽的女士愉快交谈了似的。

海老女士认真选择的词语之一是"认知"。她在与日本音乐杂志记者的对谈中说到了这个词。我们都知道花草和树木,也知道人类和宇宙,然而当我们通过体验和想象力真正了解其内涵的时候,才发觉自己之前并没有认知过。我认为,这就是海老女士赋予认知这个词的含义。这个词大概相当于海老女士精通的法语中的"connaître"吧。

海老女士认真选择的另一个词语是"感知"。无论是德彪西[1],还是肖邦,只有从心底去感知,

---

1 德彪西(1862—1918),法国作曲家,早期作品受浪漫派影响,后在印象画派和象征派诗歌影响下,开创了音乐上的印象派,对欧美各国的音乐影响深远。

才能把他们的音乐化为自己的表现。海老女士大概想把自己主动创造的某种能动性赋予"感知"这个被动词,并且想要强调感受的深度,所以才选择了感知这个词吧。

海老女士年轻时赴法国学习,在法国参加了国际最高水平的钢琴比赛,取得了优异成绩,后来一直在欧洲进行钢琴演奏。在演奏事业以及构成其事业坚实基础的日常生活中,法语能力都是不可或缺的。我想,她肯定用法语过着充实的生活,在演奏会上能够用法语与其他演出合作者、指挥以及评论家、听众进行交流。

以这种方式在国外取得成功的人几乎都是如此,但能达到这样程度的人,在日本的知识分子中还为数不多。海老女士是一位对母语怀有特殊感情、喜欢认真选择的人。海老女士处在周围都是外国人的环境中,当她深入思考的时候,大概只有使用日语才能获得重要的启发吧!而且,她通过经验的积累,也会意识到,要获得启发而必须使用的日语是多么暧昧,自己不得不加以重新定义。我国研究法国文学、哲学的杰出专家,旅居法国多年，经过艰苦探求而获得累累硕果的森有正先生，也是呕心沥血才选定了"定义"和"经验"这两个词。限于篇幅，就不在这里探讨了。

我从海老女士的文章中感受到了选择语言的乐趣，从她的钢琴演奏中感受到了幸福。因为她的音乐中表现出了以其特有的方式认知、感知到的东西。尤其是在我家演奏光的作品时，我发现光内心深处的东西被她真正地认知、感知到了。作为光的父亲，每当我看到光笔直地站在钢琴前，倾听海老女士弹奏时，都真切地感觉到光正在认知、感知着这世上最宝贵的东西。

2

光创作的曲子由海老彰子女士和小泉浩先生演奏，在日本哥伦比亚唱片总公司进行录制。去录音棚观看录音的那一天，对光来说应该是终生难忘的。第一天去的时候，我们乘地铁在赤坂下车，然后按照地图寻找公司大楼。走在陌生的土地上，我想光可能会感觉劳累，但同时也会对即将开始的录音充满期待和兴奋。

在等电梯上楼去录音室的时候,光突然发病。当时,从敞着门的录音棚里传来正在调音的钢琴声,我和妻子首先要做的,就是把椅子排成一排,让光躺在上面,用湿毛巾为他擦汗。不过,开始录音以后,光小心翼翼地做了自己该做的事。

光已经和教他作曲的田村久美子老师研究过好几遍乐谱了。虽然光的曲子并没有高难的技巧,但海老女士为了准备正式录音,还是在认真地反复练习。她发现了几处有关和声、休止符等的问题,向光提了出来,其他像演奏速度、是否强调断音等细节问题,也都一一询问光的意见。

对于海老女士从录音棚通过麦克风提出的问题,光稍微思考一下后,都明确给出了回答。海老女士还使用两三种方法进行演奏,征求光的意见,看哪一种最合适。光总是毫不犹豫地做出判断,一旦决定下来便不再更改。

这种在音乐中使用的语言,也是经过仔细选择的语言,它可以使海老女士与光顺利而又明确地进行交流,这是一种清爽舒畅的交流和理解。

尽管录音时间很长，但工作人员看上去心情都很愉快。

有位来采访录音的记者，对光创作的音乐表现出强烈的关心，他反复问光："刚才录的这些曲子你是怎么创作出来的？""你想要表现什么？"等等。尽管他说话很慢，光还是歪着脑袋，一句话也答不出来。我在一旁看不下去了，就把记者的问题用光能理解的话解释给他听，可是光还是没能回答出什么来，结果记者也没记录下什么来。

这说明日常会话有时比使用专业术语谈话还难理解。我这么说听起来很像是反话，其实，日常会话的语言由于过于暧昧模糊，反而常常无法准确地表达意思，说话人与听话人之间要具有足够相互理解的关系才行。

而专业术语的内涵已经经过了必要而又充分的推敲，并且，作为中性的工具，无论什么人使用，都能够准确地表达意思。虽然学习专业术语需要付出努力，可一旦掌握之后，专业术语就成为最容易表达意思的工具。光与海老女士共同拥有作为工具的音乐专业术语，而新闻记者与光之间却相隔着暧昧而又模糊的日常用语之海。

　　录音之后，要确定每首曲子的题目，排定CD的目录。光每作完一支曲子，都会及时地起个恰当的题目，并把它字迹工整地写在乐谱上，夹在夹子里。

　　光创作的曲子有《毕业》《生日华尔兹》《万福马利亚》，为青鸟残疾儿童学校的学生节创作的有《青鸟进行曲》《星星》，还有《序曲先生》（巴赫创作了许多著名的序曲，光是想以自己的序曲表达对巴赫的敬意）、《华尔兹》、《圆舞曲》、《轻井泽之夏》、《冬天》等。

　　此外还有，为光做脑外科手术、后来一直长期关照光的森安先生去世时，光为其夫人创作的曲子《给M的安魂曲》《写给惠子夫人的摇篮曲》。我和妻子去欧洲旅行，第一次把他留在家里时创作的《愿飞机不要坠落》，以及《舞蹈》《西西里舞曲》《兰德勒舞曲》[1]《悲伤》，等等。

1　亦称德国舞曲，原是德国南部和奥地利的民间舞曲，流行于18世纪末至19世纪初。

从以上的曲名可以看出,有好几首曲子是以各种欧洲舞曲来命名的,而且还有重复,于是让光重新取名。光重新取名的有《魔笛》《受欢迎的华尔兹》。光的《魔笛》与莫扎特的《魔笛》旋律虽然不一样,但气氛上有着某种共通之处。妻子特别喜欢《受欢迎的华尔兹》,心情不好的时候,她就会低声哼唱。

录音期间,光不太说话,总在思考自己的曲子会给人怎样的印象,或者注意倾听别人对曲子的议论。如果有人要求他为曲子命名,他就把经过一番认真琢磨的语言作为曲名。对于光自己决定的曲名,虽然他考虑的角度完全出乎我们的意料,但我们感觉到这曲名起得很准确,没有更好的名字可以改了。再听一下曲子的录音,就更感觉是这样了……

3

很早以前,我们一家人回四国森林中的老家探亲。光和祖母很亲,两个人经常单独待在一起。

回东京那天,女儿在飞机上显得心事重重,

因为光临走时对祖母大声说道：

"奶奶，打起精神来，请好好地死！"

祖母回答说："好啊，奶奶就打起精神来，好好地死。可是，光，奶奶真舍不得你走啊！"

过了几天，光和妹妹商量了好一会儿之后，打电话给祖母，更正他说的那句话。他打电话的时候，全家人都围拢在他身边，想听听祖母会有什么反应。

"奶奶，实在对不起，我说错了。我要说的是：'奶奶，打起精神来，请好好地活！'"

祖母听了高兴地笑起来。过了不久，祖母得了一场大病，不过很幸运地痊愈了。后来，她对一直照顾自己的女儿，也就是我的妹妹说："我生病的时候，没想到是光说的那句话给我鼓了气。'打起精神来，请好好地死！'我一想起光说这句话时的声音，就有了勇气。说不定多亏了光这句话，我才又活下来了呢。"

光在家里的时候，一般不怎么说话，回乡下时也是这样。大概祖母经常跟光念叨，她已经上了年纪，以后就剩下死这件大事了，自己这一辈子什么事都经历过,只有死没经历过,一定得好好对待,等等。其实光的妹妹也常听到祖母这么唠叨。光听了以后,就对自己内心产生的想法反复推敲琢磨,其方式就如同在黎明前的昏暗中捕捉不时冒出水面的水泡那样,凝结成一句话藏于心底,当依依不舍地分别时,禁不住脱口而出。

　　残疾的孙子反复琢磨的这句话给祖母增添了战胜疾病的力量。我也要牢记光的这句话,迎接自己将来的那一天。

残疾人十年

1

去年是联合国残疾人十年的最后一年,人们为残疾人举办了各种活动,我也参加了其中几项活动。一方面是陪同受邀请的残疾长子,同时自己也应邀做了两三次演讲。那时候,我想尽量参与这一主题的活动,因而接受了演讲邀请。

近来,邀请作家演讲在我国已不是新鲜事了,经常有所谓中介机构的人打来电话商洽。这些人一般都用外来语的"制作人"自称,就连措辞都大体相似,诸如"某月某日您是否有空?我们正在策划一个对话节目……"

如果来电话的是位年轻女性,往往比较难应付。虽然对方说的是"对话节目",但总使我联想起在美国短期访问时看到的那种深夜播出的充满种族偏见的搞笑节目。我觉得自己不大适合。于是，把这个意思告诉对方以后，曾有一位周刊杂志的女主编马上回答说："不是您想的那样，我们想创造一种文化讲演会的新形式。至于'对话'的对象，现在还未确定。"就这样，我常常要花费不少时间才能比较委婉地把这种事推掉。

而且，我也分不清楚新近打来电话的公司是不是前几天来电话的那家，因为用的都是外文名字，显然责任在我这个老古董身上。我担心如果回答说"前几天我已经说过了"，会让对方摸不着头脑，结果谈了半天之后，对方说道："您的回答还是和上次一样啊。"

还有更麻烦的事呢。当对方问"您是否有空"的时候，我往往会脱口而出地回答"有空"。其实，作家在生活中，几乎很少出门赴约，或者去外国短期旅行。正是看似无所事事地待在家里的每一天，构筑了小说家的坚实基础。对于我这样的专业作家，可以说每一天都是非常宝贵的。前几天，我接到南非的诺贝尔文学奖获得者纳丁·戈迪默[1]女士的电话，去饭店见她时，她对我说："在我们的人生中，还有什么比写小说更重要的东西吗？"我们为此而感叹，同时也为不能完全如愿而叹息……

因此，除非我的挚友或前辈提议，或者为了配合给我出书的出版社的策划，我才会同意去讲演。除此之外，我习惯于让打来电话邀请讲演的人，将讲演会的策划意图等情况写成书面文稿交给我，看了之后我再决定是否参加。

去年年底在堺市的演讲，属于后者的成功之例。记得是刚入夏的时候，我接到一次邀请演讲的电话，后来对方按照我的要求，由堺市残疾福利科的M先生给我寄来了一封信。我看了这封信后，作为残疾儿童的父亲，深为感动。经M的同意，现引述其中几段。

>……倡导身心有残疾的人"进入社会与

---

[1] 纳丁·戈迪默（1923—2014），南非女作家，1991年诺贝尔文学奖得主。作品密切关注南非现实，生动而又深刻地反映了南非的社会生活，已被译成多种文字。

平等"的联合国残疾人十年活动即将结束了。那么,在这十年里给予残疾人的社会性的或政府的关怀,今后是否会和这十年一样继续下去呢?会不会回到像过去那样,残疾人还是受到人们的漠视呢?残疾人正怀着期待与不安的心情注视着今后的发展。

……在这十年里,当我们开始产生与残疾人共生的意识的同时,我也认识到,残疾人的存在反衬出我们的人生观是多么的僵化和狭隘,反衬出我们对于"对生命的共鸣"有多缺失。人们常说"排斥残疾人的社会是脆弱的社会",在"残疾人十年"活动即将结束之际,我想重新思考"为什么我们的社会如此脆弱"这个问题。

M在信中,还写了对我所参加的由康复专家上田敏教授主持的对话系列节目《谈谈自立与共生》的感想。

……您谈到"接纳残疾人是人类共同的

课题",我认为,这不仅是个人和家庭的课题,也与整个社会如何接纳残疾人,如何与他们共生的课题密切相关。正是通过这种持之以恒的共生,我们才能够认可各种生存形态,使自己获得些许自由,进而成为产生先生所说的新人形象和文化的契机吧……

我被这封信深深打动了,决定接受这次演讲安排,并且把演讲的题目《从共生中吸取力量》以及演讲的要点告诉了他。此后我们再度通了电话,之后M又给我来信了。

受您题目的启发,我想到了需要吸取力量的两个主体。一个是与残疾人共同生活的家人及其周围的人,另一个是我们的社会和文化的时代。我这么想不知合不合适?

M还希望我在演讲中能围绕我和残疾长子的个人关系以及在小说创作上的反映谈一谈。另外,演讲结束后,将放映描写残疾人与医生关系的电影《雷纳德的早晨》。我对演讲会这样的安排，抱有美好的期待。我愉快地想象着在堺市举行的"残疾人之日·演讲与电影放映会"的景象。

2

我认真思考了M提出的问题。第一个问题是，为什么说排斥残疾人的社会是脆弱的？我只是根据自己的一些观察谈一下。我认为，作为接纳残疾人的社会范例，可以举出我曾短期生活过的加利福尼亚大学伯克利分校这样的大学社会。这所大学建在山坡上，坡度很大。正是由于存在这样的海拔差，才让包括许多澳大利亚原生植物在内的种类繁多的植物得以首次分布在同一个校园里。景观固然壮美，对残疾人却很不方便。然而，我看到残疾人使用带马达的轮椅，快速行进在高低不平的校园山路上，毫不畏缩。

我从伯克利分校的大学社会里发现了一种坚韧不拔的精神，如果社会拒绝接纳这些残疾人，包括精神残疾者，他们将向何处去？恐怕他们只有终日关在家里，或者进入残疾人福利机构吧。

福利机构当然是必要的,有的机构管理得很好,具备了作为社会接纳残疾人程序的预备基地的功能。残疾人能够在福利机构里愉快地生活,仅此一点就显示出了社会支持福利机构的力量。这样的福利机构本身就可以称得上是个开放的社会吧。

然而,仅仅以将残疾人与社会隔离开来为目的的,或者说具有此类功能的福利机构不是曾经存在过吗?而且现在不也依然存在吗?我们不能不承认,不少福利机构只是排斥残疾人的社会的一种补充形式。

忍受疾病折磨的同时还成就了一番事业的已故美国女作家弗兰纳里·奥康纳这样写道:"以怜悯的态度对待残疾儿童,必然导致把这些不幸的人送到人们看不到的地方隔离起来的想法,前方等待他们的将是奥斯维辛集中营冒出的焚烧犹太人的黑烟。"这并非危言耸听,许多有着切身体验的残疾儿童家庭的父母恐怕都会这么认为。父母们一想到自己行将老去,或离开人世的时候,不得不把残疾孩子送进福利机构去,即使知道有一些机构达到了非常自由而开放的程度,对于做父母的来说,不是依然很担忧吗?

现在回到家庭的角度来思考关于排斥残疾人的社会问题,我家有一个典型的例子可以用来进行具体的想象。试想如果一直以来,我家没有残疾长子这个不可缺少的成员一起生活,那会是什么样呢?我不能不想象我家是个荒凉而冷漠的家庭。如果没有长子,家庭成员之间的纽带多半也是脆弱的。我的一家,因为和长子一起才扛过去了一些困难。例如岳母逐渐出现的老年性痴呆造成的压力,不正说明我们的家庭也是个脆弱的家庭吗?由于家庭成员中有一个残疾人,其他人都千方百计照顾这柔弱的成员。比如光的妹妹,长期以来为了给哥哥鼓劲打气,不知琢磨了多少法子。她上大学的时候还参加了学校助残志愿者小组的活动。我在前面的文章里也写过,星期天早晨,当残疾人打来电话,希望她去陪护时,我虽然没好说出来,心里却希望她能留在哥哥身边。

助残志愿者活动使女儿积累了经验,不仅增加了护理残疾哥哥的知识,而且让这些知识变得更系统了。另外，她还学到了以一定的距离、对哥哥说该说的话的态度。

最重要的是，她学会了把家里的残疾哥哥放到社会中的残疾人的位置上来看待。至今我眼前还会出现十几年前兄妹俩的少男少女形象：一个小女孩用幼稚的办法拽哥哥出去散步。而现在，她是作为一个成年女性来对待哥哥的，但和昔日的少女形象并无丝毫的矛盾……

3

M在信中谈到的另一个问题是关于如何解释接纳残疾人的"接纳"一词。我在另一篇文章里谈到过，我是根据上田敏教授在《论康复——从残疾人到正常人》一书中的定义使用这个词语的。成了残疾人之后，一般要经过以下几个阶段。首先是因遭遇事故而残疾的"冲击期"；其次是认为残疾会复原、不愿面对永远残疾的"否认期"；接下来是不得不面对残疾这个现实的"混乱期"；然后是克服这个过程准备正视残疾的"解决期"；最后是"接受期"，即接受自己是残疾人这个现实，切实把握住自己能对家庭、社会发挥的作用。

也就是说,从社会方面或者从组成社会的健康人方面来说,"接纳"这个词应该含有比接纳残疾人更积极更强有力的含义。

但是,我为回答M信中的问题草拟演讲底稿时,通过仔细思考,发现社会接纳残疾人的问题与残疾人接纳其自身在本质上有相通之处,如果把家庭当作社会的缩影来看的话,就更容易理解了。

家庭应该积极地接纳残疾儿童,并且应该把有残疾儿童的家庭的生活方式作为今后生存的基本形式来把握,并朝着这一方向去努力。这样,有残疾人的家庭本身将在其社区发挥独特的作用,并且最终会成熟起来,向社会证明这一点。这些家庭不就是接纳了残疾人的家庭吗?进一步发展的话,接纳残疾人的社会这一形象不也会变得越来越鲜明吗?

4

在堺市演讲的那天早上,我在饭店里早早醒来了,打开电视,里面正在播放一部纪录片,内容是一个住在四国松山福利机构里的残疾青年想去印刷厂工作,于是自己在市内寻找住房。这是一位非常积极地努力自立的残疾青年。而跟在青年轮椅旁边的是一位已经自立的、较年长的残疾人,只见他熟练地测量台阶的高度,判断轮椅能否上得去,并一一告诉残疾青年。此外还拍摄了房屋中介的姑娘们非常坦率地跟残疾青年谈租房条件的镜头。这部片子拍得生动感人。

最使我印象深刻的是,在我很熟悉的松山街道上,那一天出现了许多残疾青年的轮椅,这可以说是一个新的气象。不仅是街道景物,连人与人之间的关系也由于残疾人出现的变化而焕发出了新的生机。由此我感觉到,与其说社会接纳残疾人,不如说残疾人正在通过自己的实际行动接纳这个社会,这就是他们的自立。

许多残疾人和照顾他们的父母一起来到了堺

市的会场。我想到，每次和妻子外出时，如果找不到合适的人陪着光留在家里，也经常会这样带着光一起出门。我怀着与听众共通的切身感受以及从中获得的活力，迈着大步走上了讲台。

优情（一）

1

一般来说，小说家还是不要创造没人用过的新词为好。诗人另当别论，他们是语言的垦荒者。他们创造的新词汇被社会接受以后，小说家才可以开始使用。

但是，在我内心珍藏着几个特殊词汇，以及创造这些词汇的小说家的形象，有时也在自己的文章中十分谨慎地使用过这些词。

其中一个词就是"优情"。这个词可以解释为"富有人情味的温情"，虽然不同于"友情""有情"，但又与这二者有共通之处。也许有几位语言开拓者曾经在日语文脉中使用过这个词，但是，在我心中的词典里的含义,却是堀田善卫[1]先生创造的"优情"。

对于喜爱堀田作品的读者来说或许多此一举,但我还是想以自己的方式介绍一下他是怎样的一位小说家。为纪念堀田先生作家生涯五十周年,筑摩书房将第二次出版先生的全集。在先生的全集第一次出版的时候,我就写过一篇关于"优情"的文章,因为很早以前我就把这个词与堀田先生联系在一起了。

我看了这次出版的堀田全集的样书后,又写了一篇题为《如果戈雅[2]描绘温柔的巨人》的文章。这是我心中永恒的作家堀田善卫的肖像。

---

[1] 堀田善卫(1918—1998),日本战后派作家重要代表人物之一,以反战理念而闻名。主要作品有《时代与人间》《圣者的行进》《广场的孤独》等。1984年,本书作者曾将与堀田善卫的通信以《核时代的乌托邦》为题发表于《朝日新闻》。
[2] 戈雅(1746—1828),西班牙画家。早年作过宗教壁画,1780年被举为皇家美术院院士,并任宫廷画家。1793年后画风与早期显著不同,作有铜版组画《奇想集》、油画《1808年5月2日》和版画集《战争的灾难》等,对19世纪欧洲绘画有深刻影响。

我住在加利福尼亚大学旧校舍的那一年，时常想起堀田先生。在我的宿舍旁有一棵巨大的橡树，树干粗大笔直，枝丫苍劲繁茂，庞大的根部在黑暗的地下盘根错节，肆意伸展。但最使我想起堀田诗人面影的，却是那一树葱郁密实的绿叶。

南非女作家这样描绘过堀田先生："不是文学主题被他选择，而是他被时代意识所选择，艺术题材的表现方式取决于他参加与否。"这是多么贴切的堀田善卫画像啊。她还写道："文学家通过其全部作品，向人们讲述一个如何领悟人生的长篇故事。"堀田先生从日本的中世纪、西欧的中世纪、文艺复兴时代，直至戈雅时代的历史，以及超越历史的世界里悠然走来，给我们讲述着何谓人生。而堀田先生以亲身经历写就的，起始于中国，穿越战后日本的饱经风霜的故事，作为小说更具有厚重感。

现在，堀田先生的文体已成为最优美凝练的音乐。这位不可思议的巨人，也是最

优情（一）

富有人情味的巨人，就和我们生活在同一个时代。

堀田先生使用"优情"这个词的时候，其含义肯定是"温柔之情"，可我觉得它更偏重于男人的温柔。我这么说，当然没有丝毫歧视女性的意思，只是将"温柔"区分为两种类型而已。

有的杰出女性使人感觉其具有男性的"温柔"。例如中野重治[1]在患病至临终前写作的青春回忆录《夏天的书签》中，说过佐多稻子[2]女士具有男性的温柔。我把佐多女士看作富于"优情"的人。

堀田先生本人就是富于"优情"的人。我曾经和这位大作家一起去印度、乌兹别克斯坦、泰国旅行过，从他身上没有感觉到半点黏糊的温柔，堀田先生的"优情"是与他为人严谨的个性融于一体的。我所说的并非那种严于律己、宽以待人

1　中野重治（1902—1979），日本小说家、评论家、诗人。
2　佐多稻子（1904—1998），日本著名女作家，著有《我的东京地图》《树影》等长篇小说。

的传统美德。对己对人都严格要求,这难道不是构成"优情"的根基吗?只要充满"优情",无论对人多么严厉,都不会变成残酷的。

2

二十年前,我和堀田先生一起去印度旅行时,住在贝拿勒斯的英国风情的饭店里。高大帅气的服务生非常绅士地端来盖着保温布的午后红茶。我在那之前和之后都没见过那么讲究的红茶。

堀田先生小时候被寄养在一个外国牧师家里,牧师夫人整天喝得醉醺醺的,所以他的生活中缺不了英语。出外旅行时,他也常常收听 BBC 的对外广播。那天,我正躺在床上一边看泰戈尔的英文诗集,一边喝着满满一壶红茶时,堀田先生从他的房间里打来电话,告诉我说:

"听广播里说,三岛君[1]闯进自卫队的总监部,

---

[1] 三岛由纪夫(1925—1970),本名平冈公威,日本重要作家之一,日本战后文学的大师之一,在日本及西方文坛都拥有很高评价,著作被译成多种文字,甚至被称为"日本的海明威",生前曾两度入围诺贝尔文学奖。1970年11月25日,在日本自卫队东部总监部按照日本传统仪式切腹自杀。

剖腹自杀了。先这样吧,晚饭见。"

我慌忙打开收音机寻找那个频道,心里一边想,堀田先生真够平静的啊。然而,傍晚我走进那间窗外有一片榕树风景的餐厅时,只见堀田先生已穿上深蓝色西服,系上了黑领带。我把这种人生态度的根基叫作"优情"。

堀田先生长年旅居西班牙,回国后不久,送给我一件巴塞罗那特产的陶器小摆设。现在出国旅行已经是很普通的休闲方式了,当然,有的国外旅行无疑会成为人生中的难忘体验。人人都知道,旅游纪念品中最难带的就是又重又易碎又占地方的陶器,然而,堀田夫妇却特意把这个陶器作为纪念品带给了我。

这是一个陶制刺猬,白白的小脸仿佛嵌进了褐色的身子里,鼻头和圆圆的小眼睛是黑色的。它满身的刺就像插着的一根根小棍儿,又像是烫成密密麻麻小细卷儿的发型。这刺猬矮墩墩、沉甸甸的。堀田先生还附了张字条,写了一句:"你不是练书法吗?当镇纸用吧。"

后来我把这个陶制刺猬摆在书桌前的架子上,

每天都和它见面。我看着它构思出了文章，前面那些文章就是这样写出来的。而使我经常想起"优情"这个词的，也是这个由褐色与白色构成的稳重而又幽默的陶制刺猬。现在，我甚至怀疑起这个陶制刺猬与堀田先生之间存在着某种血缘关系。我脑子里总是浮现出堀田先生当年在西班牙制造陶器的街市上突然停下脚步，伸手拿起这个陶制刺猬时的情景，所以产生了刚才那样的联想，这算不上是出格的怪念头吧。

3

我之所以对堀田善卫先生送给我的西班牙纪念品及其自造语"优情"写了这么长的文章，是因为我还想借此机会对摆在我书桌前面长一米三左右的架子上的小摆设做一番回忆。不止这个陶制刺猬，其他每样东西都与我旅行所到之处的独特的"优情"回忆联结在一起。还有几个是别人送给我的旅行纪念品，也总是引起我对他们的"优情"浮想联翩……

架子上的小摆设里，有一个六厘米长的玩具

青蛙，是我在婆罗浮屠古迹[1]前地摊上买来的。青蛙脑袋是黏土烧成的，身子是纸糊的共鸣箱，它是小摆设中最不结实的一件，共鸣箱实际上早已经坏掉了。

那年我刚过四十岁，和几位朋友一起去了趟巴厘岛，就像修学旅行[2]似的，日航公司提供的机票。同行者中有一位N先生，和我是同一届的东京大学毕业生，他读的是教养专业。当时东大刚刚开设这个专业，培养出了不少活跃在各个领域的具有个性的人才，N先生即是其中之一。

N先生现在就职于日本航空公司，很有才干。他曾经翻译过库赛洙文库的《民航概论》。在担任日航雅典分社社长的时候，曾推进过在拉夫卡迪

---

1 婆罗浮屠是举世闻名的佛教千年古迹，位于印度尼西亚爪哇岛中部马吉冷婆罗浮屠村。这座宏伟瑰丽的佛教艺术建筑与中国的长城、印度的泰姬陵、柬埔寨的吴哥古迹和埃及的金字塔齐名，被世人誉为古代东方的五大奇迹。婆罗浮屠梵文意为"山丘上的佛塔"。
2 日本独特的学校活动。中小学生在教师带领下，到没有去过的地方短期旅行，观察体验当地的风土人情，学习自然知识和文化。

奥·赫恩[1]的出生地建立纪念碑的计划。他不只埋头于本职工作，还为库赛洙文库译过有关作曲家肖松[2]的书。

这位N先生提出一个方案，由日航资助机票，邀请一些东京大学的校友，诸如法国文学教授、电影导演等不同领域的学者、艺术家到某个地方去探讨该地有关情况，将会是件有意义的事。于是，我们这些曾在岩波书店组织下、开过气氛轻松的研讨会的人，都表示愿意参加。

我们这一行人中有哲学家中村雄二郎，文化人类学家山口昌男，建筑家原广司，戏剧家、小说家井上厦，法国文学专家清水彻、渡边守章，英国文学专家高桥康也，电影艺术家吉田喜重等优秀人物。

---

1 拉夫卡迪奥·赫恩（1850—1904），日本现代怪谈文学鼻祖。出生于希腊，父亲是爱尔兰人。赫恩常年旅居日本，后与岛根县松江中学的英语教师小泉节子结婚，归化为日本人，取日文名小泉八云。曾任东京大学英国文学教授。
2 埃尔内斯特·肖松（1855—1899），法国作曲家，初学法律，1879年入巴黎音乐学院，创作上刻意追求纯净完美的古典主义风格。其作品《音诗》已成为小提琴名曲。

但是，在这次旅行中我遇到了一件令人啼笑皆非的事。当时我的长篇小说《同时代的游戏》刚刚脱稿，准备交给出版社，正好和去巴厘岛冲突了。每当这样百忙之中出门旅行，都是妻子为我准备行装，这次也不例外，我自己只是往旅行包里又加了几本书，然后直奔成田机场。

到了雅加达，住进饭店后，我看见饭店大厅的书店里有研究巴厘岛的英文书籍，于是想把日元兑换成美元，这才发现妻子忘了把钱装进我的旅行包里，因为她的时间也并不充裕。幸亏出发前一天，我在电视台上了一个对话节目——和一位美国的作家对谈，装有酬金的信封还夹在我刚开始读的一本书里。

日航只给我们提供机票，其他食宿费用等一律自理。在电视台对谈的那个美国作家的酬金和我一样，他却苦笑着说："听说日本人要求不高……"可见数额不多，尽管如此，能应付这趟旅途的花销，对我来说真是万幸了……

这次旅行，我只在第一家饭店买过书，对后来的所有商店都不感兴趣，下午的自由活动时间，我也只是在饭店的游泳池里游泳，哪儿也不去逛。一块儿旅行的人说不定觉得我是个禁欲主义者呢！晚上，我们这些人也只是愉快地探讨问题，没人对那些异国女性的服务感兴趣。因此听说在旅行快结束的时候，当地旅行社的导游说："我还以为他们是同性恋呢……"

我在巴厘岛旅行时，有一件事给我的印象非常深刻。当地所有的村子里都有三座寺院。我在其中一座称为"死亡寺院"的布拉·达列姆寺看见一个姑娘。布拉·达列姆寺的守护神是魔女兰达，据说她是附在人身上的邪恶之神，但也使用魔法为人治病。

雨后的傍晚，我在弥漫着肃穆神秘气氛的寺院里，看见一个美丽的姑娘在年幼的弟弟妹妹的陪伴下，跪在远离其他香客的地方，虔诚地祈祷着。因为把笔记本忘在寺院里了，我又回去取，正好那个姑娘和弟弟妹妹站起身朝我这边走过来，我这才看见刚才她一直不让人看到的那半边脸，肌肉扭曲，惨不忍睹，令我惊骇不已。

她的脸部多半是天生的缺陷，大概长期以来，她一直在弟弟妹妹的陪同下，来这座寺院祈求魔女兰达的治疗吧。感慨之余，我想起了光。假如光是巴厘岛农民的孩子，为了治愈天生的弱智残疾，恐怕也会像那个姑娘一样，每天傍晚由弟弟妹妹陪着，去魔女兰达的寺院祈祷吧！这平静而又虔诚的祈祷不就是他们最高的享受吗？即使残疾永远不能祛除……

由于这次旅行费用紧张，所以买回来的唯一一个纪念品就是这个玩具青蛙。青蛙整个涂成了杏黄色，银色的线条勾勒出眼睛和嘴巴，黏土烧制的脑袋，纸做的风箱身子，一提起来，就发出呱呱的蛙叫声，和在印度尼西亚的水田、河边听到的青蛙叫声一模一样。

从婆罗浮屠佛教古迹走到下面的广场来，最吸引人的地方就是卖这种玩具青蛙的地摊。我很奇怪玩具青蛙为什么这么多，就停下了脚步。穿着爪哇印花布长袖衬衫的中年男子拿起一个玩具青蛙，给我表演起来。

我发现从他的袖口露出来的左手长有六个手指。难道说这个丑陋的男人，因为左手六指，就得以在印尼这个著名的观光旅游地确保一个位置不错的摊位？

如果我的推测是正确的话，光若生在爪哇岛，也会由于自己的残疾而获得这样生活的条件吧？我还想到，自己小时候生活的四国森林小村里，许多残疾人也都是各得其所，健康愉快地和村里人共同生活。我站在罗望子树的树荫下，回忆着这些往事，不由得百感交集……

那么，在我的心里，这个玩具青蛙又是怎么和"优情"联系起来的呢？因为它使我想到，那个六指男人之所以能够占据最好的摊位，不正是那个阳光照耀下的广场上的其他不怎么热情的摊主对他的"优情"吗？

忧情（二）

1

摆放在我书桌前面架子上的各种小摆设中，个子最大的要数一个漂亮的瑞典陶器马，这个深蓝色的陶器马身上描绘着红色和白色的斑纹。它是我在瑞典久负盛名的港口城市约特波里参加一个洋溢着欢乐气氛的晚宴后，主人送给我的礼物；当时我也正陶醉在快乐之中，否则，可能会感谢其厚意，婉言谢绝这个礼物。在斯德哥尔摩的饭店以及机场的纪念品商店里，这种陶器马随处可见，看来是该国的名产了。但是正如前文所述，带着这么大的陶器旅行实在很不方便；所以我从来没有买过类似的工艺品。

晚宴是在约特波里郊外的住宅举行的，当我

告别大家后准备上车之际，C.L夫人追出门外，把这个陶器马送给了我。我抱着它坐进车里，仿佛这样就能抱回东京去似的。现在，这个陶器马英姿飒爽地站在桌子上。妻子说："自从这个陶器马进咱家以后，家里好事一件接一件，比如光的CD创作成功，这是家里人谁也没有料到的。"

一九九二年秋天，应国际交流基金的邀请，我去斯堪的纳维亚半岛等地进行巡回讲演，第一站就是瑞典，此外还去了丹麦、芬兰。另外，我对从苏联独立出来的波罗的海三国今后的发展趋势也很关心，对爱沙尼亚尤其感兴趣。

第一场演讲是在约特波里市书展期间举行的。给予我多方支持的旅瑞日本妇女给我留下了深刻印象。把我的《M／T和森林里的神奇故事》译成瑞典文的两位日本女性，是和当地的新闻记者结婚的女士和她的女儿，她们拥有一个稳定温馨、富有教养的美满家庭。参加晚宴的十几位与瑞典人组成了家庭的日本女性也同样给我留下了深刻印象。

在瑞典随处可见结满红色果实的七度灶树[1]，在种植着这种根深叶茂的高大树木的住宅里，我品尝到了醋拌鲑鱼、烹小龙虾等美味。在餐后的聊天中，我感觉这些日本女性沉静中隐含着忧郁，很有见地。能和她们这样高素质的团体进行如此愉快的交谈，是人生中可遇而不可求的幸事。C.L夫人的丈夫是一位标准的北欧美男子，在历史悠久的约特波里港口担任要职。我欣喜地感觉到，与担任要职的丈夫生活在一起的C.L夫人，在家庭里的地位也并不比丈夫低。

C.L夫人是参加晚宴的日本妇女的代表，她给我的印象很深。那么，她们究竟有着怎样的思维方式、感受方式和生活方式呢？我下面引用一段回国后收到的C.L夫人的来信里的话。

> 十月上旬，这里已见初雪，覆盖了满眼红叶，冬天倏忽而至……

---

[1] 七度灶树，蔷薇科落叶乔木，秋天结果，果实红色，球形。木质坚硬，多用于制作工艺品。据说以七次塞进灶里也不燃烧而得名。

经济萧条的寒风正肆虐瑞典。瑞典人引以为自豪的沃尔沃汽车公司已经解雇了四千人，每天听到的都是削减医院、学校、幼儿园的数量以及失业、种族歧视、难民问题等坏消息。

我觉得过去的三十年，人们都浸泡在暖如温泉般的社会主义生活里，而现在这一切一夜之间颠倒了过来。我工作的幼儿园也有六个人被解雇了。政府发给我们临时补贴，鼓动我们把幼儿园承包下来，改为私立幼儿园。"私立"意味着要考虑盈利。对此，职工们分成了赞成和反对两派，乱哄哄的。

我决不和不了解私立含义的瑞典人共同经营幼儿园，所以是反对派。明年恐怕一切会更加严峻，但我坚信，全体国民一定会认真去面对，渡过这次危机。

我在前面写过这些日本女性"沉静中隐含着忧郁"，现在读者大概能理解其中的含义了吧！

离开瑞典那天，我早早起床，写了一篇准

备在C.L夫人她们主编的旅瑞日本人联合会会报《桥》上发表的短文。我也引用一下其中的一部分作为补充。

……一回日本，我就会陷入忙碌的生活。所以在离开约特波里的这个清晨，眺望着窗外霏霏细雨打湿的七叶树，写下了这篇短文。

在这篇文章里，我不打算具体写出给予我许多关照的各位朋友的姓名，因为我对生活在瑞典这个充满特有的沉稳与自信的社会里的人们，尤其是日本女性都有着深刻的印象。

高水准的生活给她们带来了多种意义上的丰富性、个性鲜明的生活方式、经过深思熟虑的见解。她们与富有修养的瑞典丈夫组成了令人尊敬的良好关系，并培养出具有独立性的天真可爱的孩子……

看到这些日本女性融入瑞典社会，并为之做出贡献的生存状态，我觉得这正是对现在国际社会上出现的"敲打日本人"最有效的回答。与外国人组成家庭、侨居国外的日本人，如此从容不迫、充满生气与自信地生活，这就足以使我们为日本人感到自豪。我平时很少思考这些，所以对自己在这里获得的感受倍感意外。我清楚地了解到，生活在这里的日本人，尤其是女性的态度，她们坚韧不拔的顽强意志是经受住了漫长而又黑暗的严冬考验而造就出来的……

看了会报《桥》后，我觉得其中几位刚认识的朋友被描写得十分准确而又幽默，尽管刚分别不久，我已经感受到了怀念的乐趣。一位朋友的女儿写的一篇东京见闻，以瑞典人的敏锐眼光观察日本人，也很吸引我。此外，从那位翻译我的小说的年轻姑娘身上，我也看到了同样优秀的瑞典人的身影。她们身上寄托着日本人联合会光明而又扎实的幸福未来吧。我怀着感谢之情衷心地向朋友们表示祝福。

优情（二）

2

还有一件我视为珍宝的东西摆在我书桌上已有好多年了，那就是法国文学研究专家渡边一夫教授亲手制作的城堡模型。从模型所附的《缘起》的日期来看，当时先生六十九岁。那一年，筑摩书房出齐了先生的全集。我和前辈二宫敬先生都参加了全集的编辑工作。为纪念全集出版，渡边一夫先生用凿子在石板上雕刻了这座城堡，并上了颜色。这座白色的欧洲风格的城堡上，点缀了浅茶色的圆锥形塔楼，还在塔楼上画了美丽的盾形徽章，写了一句"Manoir du Grand–Duc OE en Utopie"[1]。下面转述《缘起》中的一段话。

> Grand–Duc可称为太守亦可称为大公，无可有国之太守大公可比尧舜，故号称大江太守，亦无可惧。
> 旗帜之一，仅为OE二字组成。

---

[1] 意为：OE大公在乌托邦里的别墅。OE为大江姓氏日语读音的罗马音表记。

旗帜之二，其蓝白二色深有缘故。典故出自 F. 拉伯雷[1]想象中的卡冈都亚国王家徽的颜色，蓝色寓上天之威严神圣，白色寓人间之欢乐喜悦。(《巨人传》第十章)

大江太守之盾形徽章乃模仿弗朗索瓦一世[2]之家徽，中间红色烈焰中，泰然雄踞者乃不惧任何劫火之食火灵兽萨拉曼特(Salamandre)。弗朗索瓦一世酷爱此灵兽图案，在其宫殿、器具上均雕刻装饰此图案。包围萨拉曼特之火焰被赐名 Patience(忍耐、忍受痛苦)，此语极为含蓄深刻。

---

[1] 拉伯雷(约 1494—1553)，法国文艺复兴时期的作家、人文主义者。所著长篇小说《巨人传》(一译《卡冈都亚和庞大固埃》)，共五卷，以民间故事为蓝本，采用夸张手法塑造了理想君主、巨人卡冈都亚和他的儿子庞大固埃的形象，尖锐讽刺封建制度，揭露教会的黑暗、经院哲学和中世纪教育的腐朽，宣传人文主义者对政治、教育、道德的主张，反映了文艺复兴时期资产阶级个性解放的要求。

[2] 弗朗索瓦一世(1494—1547)，又译法兰西斯一世，法国国王(1515—1547)，实行专制主义，控制本国教会，迫害"异端"，并加重赋税。对外与西班牙国王查理一世争夺神圣罗马帝国皇位，失败。为争夺意大利，又与神圣罗马帝国皇帝查理五世(即西班牙国王查理一世)进行四次战争，均告失败。

"Nutrisco et Exstinguo"亦为弗朗索瓦一世之格言,显而易见,此乃与萨拉曼特之天性结合之意,然亦暗藏昔日王公贵族之野心。直译则是"吾养之,吾亦灭之"。然依照大江太守之高尚情操与深谋远虑,亦可释为"扶正祛邪"。

3

如今重读此文,感慨良多。我意外地从中发现了一直未意识到的先生对我的关怀。光出生的时候后脑长了一个大肿瘤,被急救车送到日本大学附属板桥医院治疗。立教大学就在医院附近,先生在那里新开了法国文学课。我每天去医院的特殊病儿监护室探视孩子,这种探视的心情和一般探视不太一样。一天,探视完孩子后,我决定去立教大学的法国文学研究室拜访先生。

先生心情似乎很好,也许是装出来的吧。他得意地对我说:"我在东京大学没有自己单独的研究室,立教大学给了我一间。"他那得意扬扬的样子显然是装出来的。他还故意晃了晃坐着的温莎椅，可是空间狭小，椅背碰到了桌角上。

当时我像小孩子对父母哭诉心里的苦恼似的，把儿子出生时的残疾情况告诉了先生，却完全没有顾及到这可能会使先生陷入忧伤。先生听我讲话时，从那棱角分明的侧脸，直到脖子都渐渐红了起来，这情景使我终生难忘。

我以光的出生作为素材创作了小说《个人的体验》。主人公本来想要逃避孩子，经过痛苦地挣扎，终于决心和注定残疾的孩子共同生活下去。主人公考虑以"忍耐"这个词作为自己今后人生的根本信念……

先生在《缘起》中，将城堡模型的盾形徽章里的火焰解释为Patience（忍耐、忍受痛苦）。奇怪的是，我怎么就没有想到把先生的用意与自己的小说联系起来呢？

现在，我怀着激动的心情重新端详这个城堡模型，发现在城堡背面下方，专门凿了一个小孔，还贴了"出逃孔"三个字。其实这个小孔，比起"出逃口"来，还是"出逃孔"这三个字更适合。渡边先生在与我的法国文学界前辈作家的对谈中，谈到城堡和小孔时说：

"我觉得他那样的人也需要'出逃孔'吧。"

那时候，我正参与几项与归还冲绳行政权相关的工作。其中之一就是和大田昌秀先生一起编辑《冲绳经验》。他现在是冲绳县知事，作为学者，他忠实于自己的信条；作为国家公务员，他出色地履行职责，勤奋务实。我在每一期上都发表文章，其中一篇引用了一个冲绳出身的人说的话，这些话里含有对天皇家族的直接攻击。透过他那歇斯底里般的扭曲心态，我看到了生活在冲绳本土最底层的弱者的悲愤。

《冲绳经验》每一期的封面都由渡边先生设计。这篇文章发表后，我收到了渡边先生用法语写来的严厉批评我的信，并引用了一句意为"不想真做，不如不做"的法国成语。

如果我自己从社会政治或文化的角度批判天皇制的话，先生是不会说什么的，然而对于我轻率地"引用"极有可能刺激右翼势力行为的文章，先生非常生气。

我深深感受到先生用法语写这封信的良苦用

心。优秀的日本史学家，在苏伊士动乱时作为加拿大代表出色工作，却受到麦卡锡主义迫害而自杀的哈伯特·诺曼先生是渡边先生的挚友。

我曾看过渡边先生写给诺曼先生的信稿，字里行间充满了强烈的挚爱之情。以渡边先生极其谨慎的性格而言，用日语写信，恐怕是一种带有自我抑制的行为吧！而当先生坦率地表现强烈的爱憎感情时，使用自己精通的法语也许是最恰当的。

在收到先生的这封信时，还有在收到那个城堡模型时，我明白这些都是先生在提醒我，在社会上一定要谨慎行事。我端详着小孔和"出逃孔"三个字，深切理解了先生的用心……

现在，光已经快三十岁了，我和他已经共同生活了这么长时间。我把先生这些教导看作对我整个人生的教诲。我领悟到，如何对待政治和社会问题固然重要，但更深刻更重要的是采取什么样的人生态度。要始终不渝地坚定自己的人生态度，即使遭遇压迫和挫折，也不能丧失信心，一蹶不振，应该具有从"出逃孔"逃出去的勇气，然后重整旗鼓,勉力再战。年轻人不是更应该如此吗?

　　先生为我制作这个城堡模型的时候,离去世只有十年时间。我感受到先生的人生态度是那样的崇高。如果可能的话,我也想造一座"城堡"传给年轻的一代。

萨尔茨堡 —— 维也纳之旅（一）

1

德国柏林歌剧团于一九九三年秋天来日本公演的时候，我为他们的演出说明书写了一篇文章。我想先引述这篇文章，然后再谈谈我的这次旅行。因为这篇文章直接表达了我们一家人的感激之情。

我从年轻时候开始就一直听瓦格纳[1]的音

---

[1] 理查德·瓦格纳（1813—1883），德国伟大的作曲家、指挥家。他主张歌剧应以神话为题材，音乐、歌词与舞蹈等必须综合成有机的整体，交响乐式的发展是戏剧表现的主要手段。曾广泛使用贯穿全剧的主导动机和新颖的和声、配器效果，丰富了歌剧的艺术表现力，扩大了交响音乐的表现领域，对近现代音乐语言的形成和发展有深远影响，本人也成为音乐史上的重要人物。作品有《漂泊的荷兰人》《特里斯坦与依索尔德》等。

乐，但总感觉有一堵墙阻碍自己融入音乐中去，我觉得这似乎与三岛由纪夫对瓦格纳的赞美有关。不过，在欧洲的剧院里欣赏瓦格纳歌剧的梦想，不知什么时候开始在我的心中渐渐强烈起来了。

去年秋天，作为我们家庭的乐趣而自费出版的光的作曲集终于制作成了CD《大江光的音乐》。我的一位挚友听了这盘CD以后，邀请光和我们夫妇一起去欧洲旅行，旅行的目的就是听音乐。

我对他表示了感谢，但没打算接受，因为我没有这样的生活习惯。在光的残疾人职业培训福利院休息日里，一家人听光的CD，光感慨地说："我活了三十年，可只有四十七分五十三秒的音乐。"他这么说也是想幽默一下，让家里人高兴高兴。

于是，我和妻子决定带着光去欧洲旅行，恐怕对于光来说这是他一生中唯一的一次吧。

从今年年初开始，我参加策划"音乐伴奏·老朋友专题讲座"这个活动。其中之一是英国文学研究专家高桥康也先生谈瓦格纳和道兰德[1]，他把这两位不同国家、不同时代的人物巧妙地联系在一起。高桥演讲的主题是爱与死，尤其谈论了《特里斯坦与伊索尔德》[2]中激烈的爱与愉悦的死重叠起来的表现，高桥还采用了"爱死"这个词语……

我一边倾听着女高音和男高音独唱以及二重唱，一边思考着。到了我们这个年龄，每天都会想到死，而对于爱，已经成为遥远的回忆了。然而，当生命临近终点的时候，我不是也在神秘的情感高潮之中，有过爱与死的理念相互深深纠缠着逐渐获得心灵康复的体验吗？我感到一阵战栗。

自己之所以会沉浸于这种平日少有的深

---

[1] 道兰德（1563—1626），英国作曲家和琉特琴（古典吉他的前身）演奏家，曾任丹麦王宫琉特琴演奏师等。他最重要的作品是四本《琉特琴歌曲集》。
[2] 《特里斯坦与伊索尔德》是一个在西方家喻户晓的爱情悲剧，其传说虽源自爱尔兰，却是由法国中世纪游吟诗人在传唱过程中形成了文字。在过去的一个多世纪里，其最著名的流行版本是瓦格纳的同名歌剧。

刻感受之中，无疑是受到了瓦格纳音乐磁力的吸引。而且，我和家人在从萨尔茨堡到维也纳的旅途中，又一次坚定了自己的这种念头。我们一路上一直沉醉在莫扎特和贝多芬的音乐里，主人还为我们安排了观看在维也纳国立剧场演出的歌剧《尼伯龙根指环》[1]。

最让我和妻子担心的是，歌剧的演出时间长达五个小时，残疾儿子光能否坚持得住。谁知，光听得如痴如醉，尤其是布吕西尔蒂那用灵与肉凝结而成的感人肺腑的咏唱。

我陶醉于美妙的音乐，同时联想起了光经历的种种往事。例如在歌剧接近尾声时，哈根把酒杯递给齐格弗里特，心怀叵测地问道："听说你听得懂鸟的叫声……"

纯真的齐格弗里特回答说："我已经好久没注意听鸟叫了……"

---

[1]《尼伯龙根指环》由四部歌剧《莱茵河的黄金》《女武神》《齐格弗里特》《众神的黄昏》组成，由瓦格纳历时二十年才完成，作者自撰脚本，剧情取自北欧神话《埃达》与德意志民间史诗《尼伯龙根之歌》。

我曾经多次说过,光生下来以后四五年里一直不会说话。我们让他听了近百种鸟叫声,终于有一天,他说出了第一句有明确意思的话"这是——秧——鸡"。从那以后,光开始摸索着和我们进行交流,很快找到了音乐这条路。音乐终于占据了他生活的中心,鸟的叫声似乎已被他遗忘了。然而,不正是这些鸟的声音将光与瓦格纳(光对他的音乐正听得入迷)紧密联系在一起了吗?

长期以来,我是感受着欧洲文化的沉重压力接受瓦格纳的,所以无法像光呼吸音乐那样自由自在地倾听。不过那天晚上,我完全沉浸在瓦格纳的、用高桥的话说就是"爱死"的、如燃烧的火焰般的构思之中,不由自主地为之感叹不已,逐渐与光的感受产生了共鸣。

在旅行的最后一天,我们参观了巴黎的奥塞美术馆。我仿佛事先就知道会看到似的,径直朝雷诺阿[1]创作的、过去一直被自己忽略的瓦格纳肖像画奔去。虽然肖像画面部线条粗犷，但那双充满无限柔情的明亮的蓝眼睛里，有着我所熟悉的瓦格纳，拜这次旅行所赐，我才第一次有了这样的感受。

2

我和妻子带着光一起去欧洲旅行，是这十年里我们家最大的一件事。也许应该再放远些，说是二十年更恰当。这次能够成行，是由于光的CD出版发行而受到邀请。此外还有几件事看似偶然，其实也是必然地凑到了一起。人一过五十，就会对于自己人生中所经历的这种偶然性与必然性的重合，产生刻骨铭心的感慨……

其中主要的一件事是和我们一起生活的岳母，时隔几年，又一次大腿骨折，需要住院治疗。好

1　皮埃尔·奥古斯特·雷诺阿（1841—1919），法国印象派著名画家，以油画著称，亦作雕塑和版画。创作上能把传统画法与印象主义方法结合，以鲜丽透明的色彩表现阳光和空气的颤动和明朗的气氛，独具风格。作品有《包厢》《舞会》《游船上的午餐》等。

在可以让正在大学农学系读书的次子和大学毕业留在学校图书馆工作的长女看家。

岳母骨折自然不是件好事，但她住在医院时，有护理员照看，对我们来说，这是唯一可以出门旅行的机会，因为平时不能让年逾九十、智力开始衰退的岳母白天一个人待在家里。

另外还要考虑到我自己的工作安排，以及妻子的身体状况等因素。这些都一一解决后，才开始商量具体行程。可是还有需要担心的事，就是光能否坐那么长时间的飞机，能否适应近三个星期的外国饭店的生活。

光十岁以前，妻子经常带着他坐飞机或电车回关西的娘家。这已经是快二十年前的事了。那个时候，身体还很健康的岳母是多么亲切地接待光啊。而从妻子来说，那时候还可以依靠自己的体力，应该说是臂力控制光，所以带他坐车、上街等等都不成问题。

过了五六年后，只有当光有意识地配合大人时，我们才能够控制他的行为，偶尔反抗的时候，妻子就无法靠体力让光服从自己了。再加上光一旦癫痫病发作，如果在街上的话，要使劲扶住他，不让他倒下去，这对于妻子来说，实在难以做到。

我想再补充一句，光有时候不听母亲的话，有时候仗着自己身体的优势欺负弟弟妹妹。我把这一段时期的事情写进了小说里（《新人啊，醒来吧！》系列小说，尤其是第一篇）。

但是，对于光来说，对自己最喜欢的妹妹动粗，也是由于他感受到了自己也无法忍受的身心痛苦的关系。痛苦一旦过去，他就会为自己的鲁莽行为感到内疚，整天垂头丧气的。这时，反倒是受欺负的妹妹和家人一起鼓励他振作起来。

有一位天主教神甫，也是位社会活动家，大概浏览过我的以光为素材的小说《新人啊，醒来吧！》，或者听别人说过一些有关光的事情，就把光的这些情况作为他演讲的素材，而且用的是真名实姓，之后他又把这演讲写成书出版了。一位天主教修女把这本书送给我，我们全家看了以后，妻子、女儿和我都觉得心情沉重。因为书里活灵活现地描写光拿木棒殴打朋友的情形，讲完光的故事之后，又加以宗教式的训诫。

一个残疾孩子，在他的身心遭受难以忍受的痛苦折磨时，一时冲动，发泄在弟弟妹妹身上。在那一瞬间，他可能以为对家里人动粗是会得到原谅的，正因为如此，过后他会一直为自己的行为感到羞耻。我们一家人也一直认为，这只是家庭内的"自己难为自己"，会生他的气，也会谅解他，并且为我们自己感到羞愧。

这与在家庭外面用木棒殴打同样是残疾人的朋友这种野蛮行径有着天壤之别。然而，这位圣职世界里的重要人物却不具备判断这样细小区别的能力……

3

六月九日早晨，细雨蒙蒙，我怀着巨大的期望和同样程度的不安，和家人启程前往欧洲。不过据妻子说，我比以往任何一次旅行都显得兴奋，而光则显得比平常更加沉着冷静，妻子和平时比起来没什么变化。恰巧这天国内发生了一件大事。

我们坐在瑞士航空公司的大型喷气式客机的座位上时，我和妻子回想起以前带着光在国内旅行时的情景，内心充满怀念。光小时候，不论是电车还是飞机，只要一坐在座位上，就坐得非常端正，一路上都老老实实待着，从不乱跑乱动。对他来说，上厕所是一件最重要的事情，一旦想去，就像完成一项重要任务似的直奔厕所。因此，只要一坐上交通工具，他就要首先确认厕所的位置，正如我们一进饭店，就要确认万一发生火灾时逃命的安全出口的位置一样……

坐进飞往欧洲的飞机之后，他也是如此，先找好了厕所的位置，然后坐下来系好安全带（从身体状况来说，他将满三十岁），之后便像一尊塑像般一动不动了。飞机进入水平飞行状态后，我们在愉快的气氛中慢慢品尝飞机上的饭菜。我看光连荞麦面煎饼、鱼子酱、鲑鱼等凉菜都吃得津津有味……

饭后，机舱内灯光关闭，开始放电影，光躺在放倒的椅子上，好像已经睡着了。原先我坐在靠窗的座位上，光坐在我旁边，可是他把红茶洒在座位上，幸好过道那边的座位空着，我就让光坐我的座位，自己换到过道那边的座位去了。这顿饭吃得很愉快，还因为给我们送饭菜的领班和善地同意我们换座位，她的法语说得特别自然亲切。

我一直在看书，电影放完后，机舱内很安静，坐在前面的妻子已经睡着了，出发之前各种紧张的准备工作把她累坏了。我突然发现光虽然一动不动，其实并没有睡觉。他当然不会在想自己一生中第一次这么长时间的旅行会有怎样的结果，光的紧张程度，其实就和坐残疾人职业培训福利院组织的观光车去外地住宿训练时没什么两样。

光一坐下，马上就戴上耳机，把机内音乐调到古典音乐频道，专注地听起来。他把眼罩拉到下巴上，大睁着一对机灵的乌溜溜的眼睛，那副神情简直就像一幅画……

光的生活乐趣是古典音乐。不论什么样的日程安排，只要有机会听到古典音乐，他就绝不会放过，可以说不听不行。当然，这种日常习惯在各种场合也有所不同。这似乎不能说是仅仅出于好奇心，因为他在吃饭的时候一直倾听重复播放的音乐，已经从头到尾听了两遍。

临出发前几天，光并没有兴趣查看地图，或者欣赏预订的饭店的照片，而是聚精会神地研究最后几天取道巴黎时安排的音乐日程。他显得悠然自得，毫无躁动不安的样子。但是，父母忐忑不安的情绪似乎无意识地传递到了他的内心深处。其实，他心底也有同样的不安，所以坐在夜晚飞往欧洲的大型喷气式客机的座位上，他睁大眼睛，凝视着昏暗的空间，面对有生以来第一次长途旅行，尽管他自己并没有意识到，但说不定是依靠一直支撑他人生的音乐，来保持镇定的。

光在听音乐的时候，我和妻子会恍惚觉得他已经进入某种深层的理性境界，超越我们伸手可及的他小时候的境界。现在，他也是大睁着小时候那灵动的眼睛——当然，从他的智力水平来说，无法称为"机灵的人"——做好准备，迎接即将开始的一切……

当地时间的深夜，我们抵达位于日内瓦郊外山上的饭店，那里从高高的山坡上可以俯视湖泊。光筋疲力尽，一直睡到天亮。第二天早晨，我们到大餐厅就餐，窗外垂着绿叶茂密的树枝。旁边餐桌的日本旅游团肆无忌惮地向光投来好奇的目光，我想起瑞士航空公司客机上的乘客都没有这个样子。

萨尔茨堡——维也纳之旅（二）

1

早晨坐火车从苏黎世出发，中午时分就能到达萨尔茨堡。光在这趟火车里表现出来的沉稳与在飞机上又不大一样。在饭店吃过早餐，离上火车还有一段时间，我们三个人在饭店的院子里散了一会儿步。我们从井然有序地种植着七叶树、橡树、榆树、白桦树的阳台边，走到野生的高大杂木林，这样来回走着，一只黑色的小鸟在树上欢快地鸣叫。

这只鸟引起了光的兴趣，他抬头往树上看，鸟的叫声非常响亮清脆，叫个不停。光幼儿时期特别喜欢听鸟叫，以至于有些自闭。后来，他对鸟叫一下子失去了兴趣。这次出国旅行的刺激以及在外国第一次听到这种少见的鸟叫，又重新唤醒了他对鸟叫的浓厚兴趣。

我将这只小鸟与光小时候听过的日本野鸟录音带里几种相似的鸟叫比较着,一一问光它是哪种鸟。我问了好几遍,尽管在特殊情况下,光会敏捷地回答,但一般来说,和他说话时要有诀窍,就是不能催他,要有停顿地反复问同一个问题。我每说出一种鸟名,他就默默地摇摇头。最后我问:"那么,是知更鸟吗?"

他微笑地说:"不是,音阶不一样。"

这就是说,光已经具有自己独特的比较日本鸟类与欧洲鸟类的方法了。

当我们坐上了EC(即欧洲城间国际特快列车163号)之后,光一动不动地坐着,饶有兴致地望着窗外闪过的树木、建筑、山野。突然横亘在眼前的险峻的阿尔卑斯山使光惊骇不已……

我年轻的时候曾参与编辑渡边一夫的著作全集,借此契机阅读过文艺复兴时期蒙田[1]、拉伯雷

---

[1] 蒙田(1533—1592),文艺复兴时期法国的思想家、散文作家。在哲学上,以怀疑论抨击教会与封建制度,批判经院哲学。反对灵魂不朽之说,认为人们的幸福生活就在今世。

等作家写的旅行日记。在他们描述的旅途中的各城市中，天主教与新教势力错综复杂地交替，甚至使我有种晕眩的感觉。而现在车窗外交替出现的尖塔与清真寺两种不同风格的教会建筑就是明证。大概在妻子看来，我也和光差不多，都神情茫然地眺望着窗外的风景。

光适应了长途行进的列车，十分地安静，因此，我和妻子也随之放松下来。我开始看书，当窗外出现欧洲特有的树木时，便抬头凝眸远望。列车进入草原地带后，妻子把额头贴在窗玻璃上，聚精会神地观察遍地的野花。光对我们的关注总是采取超然的态度，一直在倾听着风景。其实，这三十年来，我们都是这样度过的。当光面临困难的局面时，我们会朝着共同的方向聚到一起来；当渡过危机后，我们又自然而然地朝着各自的方向、但不会互相拉开太大距离地共同生活。

2

在萨尔茨堡，我们预定好的山庄风格的饭店叫哥本茨尔。我们在朴实无华的萨尔茨堡车站下车后,直接驱车去郊外,来到了那个海拔七百米、外观素雅的饭店。我们入住的两个房间是相通的,妻子和光住一间屋子,我住隔壁一间。来到阳台上,美丽的萨尔茨堡城市景色一览无遗。

正前方是流淌着的萨尔察赫河,以及旧市区与新市区;右边的群山上覆盖着茂密的森林,呈现出一片暗绿;左边耸立着白雪皑皑的阿尔卑斯山,即是德国的边界;正中央是霍恩萨尔茨堡山地。这些知识是我在介绍萨尔茨堡景观的书里看来的。我深深陶醉在萨尔茨堡的美景里,不觉暮色渐浓,还下起了雨。伴随着粉红色的闪电传来阵阵雷声。这天晚上,我因长时间飞行感觉不适,一夜没睡,一直望着窗外直到天亮。那聚积山头的层层乌云,远远看去犹如文艺复兴时期的版画一般,线条粗犷。

在旅途中,我也在为创作中的一部长篇小说做笔记、看参考文献。我打算把这些神秘莫测的气象也写进小说里去。由气象条件形成的云彩变化,欧洲与日本应该没有多大差别。然而,我看古代绘画时,却觉得画的都是欧洲独特的云彩形状和色调。因为在欧洲旅行时,我亲眼印证过。我在美国的大学里住过一段时间,从房间里看见的窗外自然景色以及变幻万千的气象深深铭刻在我的记忆里。而且,在读巴尔扎克、狄更斯的作品时,那些生动细腻的气象描写,有时会让我不禁回忆起自己曾经在什么地方见过的暴风雨或者暴风雨过后的宁静碧空。

抵达萨尔茨堡那天,傍晚下起了雨,还伴有微风。据说这个季节会连续多日气温都很低。我们在萨尔茨堡逗留期间,经常下雨,这种天气的确是很少见。不过,我们都处在旅行的亢奋之中,围坐在宽敞阳台的遮阳伞下,愉快地吃晚饭。我看到妻子在大本子上画的速写,是摆放在阳台边上的一排盆栽花,这才发现她对这些花很感兴趣。还有一张画的是穿着西服的光正一本正经地看着菜单……

饭店规模虽然不大,但其菜肴在整个欧洲都很知名。看来女主人是这家饭店的核心。她的丈夫身材高大健壮,像是退役军人。我们一边采集植物一边散步的时候,这位先生开着漂亮的小汽车从我们身边驶过,还朝我们亲热地挥手。

打理前台事务的,是一位美貌女郎和女老板的儿子。我和他们攀谈了几句,他们给我的印象十分诚恳而又坦率。前台的墙上挂着一幅尼克松的照片,使我回想起曾看过的一则新闻报道上说,尼克松担任美国总统期间,到政治上中立的奥地利访问时,在萨尔茨堡机场受到示威游行队伍的围堵。我说起这件事时,正在接电话的美貌女郎的丈夫,即女老板的儿子告诉我说,当年他就参加了示威游行,包围过萨尔茨堡机场。不过,尼克松冲出包围圈后,是在这家饭店住宿的,而且对这里的美味佳肴十分满意。

我听他们说,来这里参加萨尔茨堡夏季音乐节的许多音乐家都住在这家饭店里。我这才想起,我们到达饭店的那天恰逢周末,餐厅里客人很多,之后就清静下来了。一天,光发现有把椅子靠背上贴有"SEIJI OZAWA"[1]的铭牌,在这方面光的眼睛总是很尖的。于是在旅行接近结束时,我们

---

1 即小泽征尔。

还有幸欣赏到了小泽征尔先生指挥的马勒[1]第三交响乐。

渡边一夫先生是研究法国文艺复兴时代及其文学的专家，在先生写的法国王朝评传中提到的历史人物，如亨利四世、卡特琳·德·美第奇[2]就埋葬在巴黎郊外的圣·多尼大教堂里。然而，据说在法国大革命期间王朝墓地被盗，结果，亨利四世的脑袋、卡特琳·德·美第奇的脚丢失了，落入民间收藏家手里，被四处转卖。渡边先生曾写过一篇颇具黑色幽默的随笔加以考证。

我把巴黎安排为此次旅行的最后一站，多少与渡边先生这一研究兴趣有关。那一年是圣·多尼大教堂的圣地坟墓被盗挖一百周年。所以我想，可以有机会在当地体验一些相关的纪念活动或购买刊物。

意外的是，萨尔茨堡艺术节就在圣·多尼大

---

1 马勒（1860—1911），奥地利作曲家、指挥家，犹太人。作品以交响曲为主，大多结构庞大而配器手法细致多样，音乐语言与民间音乐有一定联系。
2 亨利二世的王后。

教堂举行，我竟然还得到了小泽征尔先生指挥的马勒第三交响乐那场演出的入场券。这位指挥天才在欧洲获得成功回国时，我采访过他。当时给我的印象是，小泽先生是我此生见到过的最杰出的青年之一。时隔三十多年，再次见到站在大教堂临时搭建的舞台上指挥的小泽征尔先生，我感觉他更是光彩照人。可以想象一下，小泽先生是怎样通过自己充满人性光辉的卓越指挥才能，才得以将法国的交响乐团及其合唱团、美国的黑人女低音歌手以及当地的少年合唱队演出的马勒第三交响乐，演奏得如此淋漓尽致啊！

光深深陶醉于指挥大师创造的音乐旋律之中，在第一乐章之后的长时间休息里，他非常自豪地提醒我们，在萨尔茨堡的饭店餐厅里，自己曾经坐在贴着"小泽征尔"铭牌的椅子上吃过饭。

3

在哥本茨尔饭店里，光度过了他的三十岁生日。为我们安排旅行日程的一位U先生给饭店发来传真祝贺，并委托饭店订做生日蛋糕，所以饭店女老板也给光送了生日礼物。我和妻子回赠给她光的CD表示感谢。我们在这家饭店住了几天，也成了与女老板比较熟识的客人了。

第二天，我们来到一楼大厅时，前台的几位年轻人都格外热情地向我们问好。吃午餐时，女老板特意到我们的餐桌旁来，兴奋地对我们说："昨天晚上，我们一家人听了好几遍您儿子的CD……"

她接着说："我父亲曾经营一家小饭店，而自己很幸运地和这家历史悠久的饭店的继承人结了婚。如今，我们成功地经营了这家饭店，孩子们也都为此感到自豪，对饭店充满了感情。长子娶了个贤惠的媳妇，他们一起负责前台的事务。孙子们也都健康，您已经见到那些可爱的孩子了吧？

"我之所以能经营好这个饭店，是因为听了父亲的教诲。父亲教育我要积极地生活。您和太太对待孩子的态度就是积极人生的典范。我们一家就这个问题谈论过。

"您的残疾孩子，更是对人生抱着积极的态

度。他的音乐具有多么纯粹而又富于个性化的表现力啊！原来人生与音乐中，能产生出如此美好的事物啊！"

我们离开萨尔茨堡的那天早晨，饭店女老板的丈夫破天荒地早早起来，和妻子、长子夫妇一起与我们一家合影留念。男主人操着不太流利的英语，对穿着蒂罗尔民族服装的光一字一句地说：

"你是个好小伙儿。"

4

我们在萨尔茨堡待了一周后，又在维也纳逗留了三天，最后到了巴黎。这一路上，我们一直浸润在浓郁的音乐气氛里。我们观赏了各种古代乐器演奏会，演奏者都穿着莫扎特时代的服装；还欣赏了木偶剧《魔笛》；参观了各种纪念馆，见到了莫扎特、贝多芬的乐谱手稿。我们乘车外出时，来到一座小教堂，这里的神职人员写作了《纯净之夜》这本书。光对这些音乐活动，比我们更加兴致盎然，纵情地欣赏。在萨尔茨堡住了几天之后，光开始在从卧室直通到带阳台的起居室的壁炉前，全神贯注地对着五线谱纸创作新曲子。

很久以前，我曾经在文章中这样写过："人经历过一次美好的体验后，或许会期待再一次或多次经历同样的体验，这是人生中某个时期会有的心态。但是，到了一定年龄，这种美好的体验在不知不觉中结束之后，却会感到今后恐怕很难再享受到这种感觉了，甚至于在美好体验之时，已有如此感觉，这就是人生秋季的到来……"

我和妻子对这次旅行以及后来的旅行都怀有发自肺腑的感激之情。那么这趟旅行对于光来说，又是怎样的呢？当我们拿出旅行中的照片来看的时候，除了与听音乐有关的活动外，光对于其他场景都表现得无动于衷，面无表情……

我在前面说过，光无论坐飞机还是火车，只需要不大工夫，他就会像住在家里一样快速适应新环境了。如果在一家饭店里住上一个星期，就更加适应了。最明显地体现出他这种居家感觉的，就是当他坐在小桌子前，或者趴在地毯上在五线谱纸上作曲的时候。

我从中得出了这样的结论：对于光来说，这个世界上最能给予他宁静感觉的就是作曲的时候。反过来也可以说，不正是为表现这一感觉，才有了光的音乐吗？拿我自己来说，不正是为了表现植根于这个世界中的真情实感，才一直在写小说的吗？而且，我还梦想着通过小说去表现通往超越这个世界的道路。实际上，我往往是从光的音乐里预感到自己希求之物的实现的。

声音的表情

1

光的新作编辑成第二张CD出版了,这张CD里第一次收录了小提琴曲。因此,从前一段时间开始,我们全家认真听了几位优秀的年轻小提琴手的演奏录音。我为这些年轻演奏家的才华而感慨万千。尽管人们普遍认为日本这个国家的未来越来越难以预测,但谁也不会怀疑,不论在质量上还是数量上,日本音乐家都将成为世界之冠。

我们最终选定了出类拔萃的年轻小提琴手加藤知子女士,她将与钢琴演奏家海老彰子女士、长笛演奏家小泉浩先生共同合作演奏光的第二张CD的曲子。于是,我们全家人再一次认真倾听了加藤知子女士的小提琴演奏唱片。

不用说，光自然是最热心的听众了。当与光同龄的制作人和母亲问他对加藤女士的演奏感觉怎么样时，光肯定了演奏特别动听后，接着说道：

"我不知道这位女士的声音的表情！"

起初大家以为光说的是小提琴手演奏小提琴的音色特点，这是因为光说的话虽然很简短，但在有关音乐的问题方面，却时常含有出乎意料的专业性的观察。

不过，他这句话的意思是，自己还没有见过这位小提琴手，所以不知道她的声音是什么样的。光对小提琴手的声音一向是相当在意的。

"声音的表情"，这样的描绘不是挺不错吗？若按照小林秀雄[1]的说法，也就是"不存在某个人的声音，只存在声音的表情"。难道不是这样吗？我们回忆某个人的声音时，不正是回想他在某个时刻说话时的表情，而不是从记忆里搜寻他的声音吗？

1　小林秀雄（1902—1983），日本著名文艺评论家。

此外还有一个原因，就是光的视力异常，即使戴眼镜矫正视力，也还是很难看清楚对象。看电视时，例如相扑比赛，他总要占据紧靠电视机画面的地方。在平时的生活中，想必他也很难看得清别人的表情。既然是这样，他一定是靠着敏锐的听力，通过辨别声音的表情来把握别人的个性和感情吧。

我们一家谈起这件事时，每个人都发觉自己其实是很注意倾听别人的声音的，就是说，每次都像第一次听到对方的声音一样。我还跟家人说起过这样一件事。

今年也和往年一样，我们一家还是去从成城学园前站一直往北的那条大马路赏花。走到那条路的尽头，往右一拐便是大冈升平[1]先生的宅邸。据说樱花盛开的时候，住在车站南边的野上弥生子女士有时也穿过铁路线，去拜访大冈先生。我记得他们两位的声音都特别清亮，特别好听。

---

1 大冈升平（1909—1988），日本小说家，是日本"战后派"代表作家之一。作品有长篇小说《野火》《俘虏记》《武藏野夫人》等。

大冈先生给我来过电话。他是一位真正意上的和蔼可亲的人。光接电话时，他对光说话也很客气。除了发病之后的疲惫状态以外，光肯定会对电话铃声做出反应，接了电话后，将电话交给对方要找的人。如果对方说话很和蔼，就会得到光的尊重。

大冈先生就是其中具有代表性的一位。一天，光接听了大冈先生打来的电话，转给我之后，他去厨房对母亲说："今天大冈先生的声音低一个音阶。"我放下电话后，光又对我说了一遍同样的话。光有着极强的乐感，因而他一向通过音阶来记忆声音的表情，所以发现今天大冈先生说话的声音比平时低了一个音阶。先生在电话里说："我现在正住院检查身体，已收到你的新作，但这一段时间看不了，请勿见怪。"而就在那天下午，大冈先生在他住院的那家医院里，因心脏病突发去世了。

我给家里人讲这件事时，光一直在旁边全神贯注地听着，他很喜欢听别人谈论自己。我讲完以后，问光：

"光,你现在还记得大冈先生的声音吗?是平时说话的音调,不是声音低的那种。"

"当然记得啦。前几天还听过大冈先生的声音呢。"

妻子和女儿都笑了,纠正光说:"五六年前的事情怎么能说是前几天呢?"可是我想,这算不算是梦幻呢?如果真能像这句奇妙的话那样,光现在还能经常听到大冈先生亲切鼓励他的声音,该有多好啊!

由此推论,若像光告诉我们的那样,在我们的生活中,偶尔能听到逝者熟悉而又亲切的声音,那我们的生活将会多么丰富而又有意义啊!

2

我借光出版新的CD(拟题名为《大江光再接再厉》)之机,请几位朋友和熟人策划了几项活动。其中之一是制作一部电视纪录片,真实记录光每一步的成长,直到走上音乐创作道路的历程,以及与之相关联的光的父亲(即我本人)的文学生涯。考虑到有关"作为残疾人是怎样实现自我的""这一过程中，残疾人的家人又是怎样接纳他的"这类具有普遍意义的主题，很适合拍成电视纪录片，所以我们全家都表示认可。

即将进入开拍阶段时，我和光开始准备我们要做的内容。由于光要在电视片里讲述自己的种种人生体验，为此，他必须采用录音带录音的方式练习清楚的发音，同时还要尽量详细地追忆从儿时以来残留的记忆。

恰巧当时NHK语言节目请我为一部电视纪录片撰写解说词，该纪录片描述了一位法国作家，也是我的老朋友的生活。这部纪录片拍得非常出色，其中有个镜头，是这位名叫米歇尔·图尼埃[1]的作家在自己家的院子里采访小孩子的场面。我在看纪录片的时候想到了这一点，所以在解说词录音那天，我拿了酬劳后，回家时绕到新宿，买了录音机和麦克风。

---

[1] 米歇尔·图尼埃（1924—2016），法国作家，当代著名的新寓言派文学的代表人物。代表作《礼拜五或太平洋上的灵薄狱》《桤木王》（曾获1970年龚古尔文学奖）等。

第一天在我们家录制采访时，光面对麦克风，十分紧张，但他仍然努力回答问题，措辞很郑重，和平时截然不同。我们这才发觉，即便在日常生活中，光说话也很注意节奏及整体感觉，即语言在文章中的统一性和语调的抑扬顿挫。光面对采访所表现出来的庄重心态，使得他努力追求与平时稍稍不同的说话节奏和形态。这就是说，连有残疾的光也把这些作为人说话时的原则。

而且，即使经常表达得含混不清或有语法错误，光也总是尽量做到每一句话都有始有终，使自己的表达有一个完整的高低节奏。也就是说，比起说话的内容本身，他似乎更看重说话时的音乐性。

用光特有的说法就是，声音的表情……

于是我想，作为光的父亲，我的小说和随笔经常被读者批评为"难懂"，说得更直接一些，就是"拙劣的文章"，也许现在这种看法也依然存在。甚至应该说，这么看的人是大多数吧。最近我意识到，问题的根本，恐怕就出在于说话的音乐性上。

我开始写小说的时候，从四国的森林峡谷村庄出来才五六年。说起来，从大冈先生去世到现在也差不多是五六年，而光在这段时间里，一直记得大冈先生的声音和声调。如此说来，我将山村语言作为自己语言感觉的基础，也是很自然的了。事实上，我经常感觉自己在东京说话时的节奏，简直就像在说外国话似的。

因此，比起耳朵听到的语言，我越来越重视眼睛看到的语言，甚至到了某种偏执的程度。对于这一点，我感觉自己完全是有意识的。至少自己创作初期和中期的特殊形式的文体不就是这样形成的吗？

我一边思考这些问题，一边仔细倾听光说话时的节奏及其音乐性，此时此刻，通过语言的感觉而得到治愈的情感，仿佛又在我内心涌动，我想要在今后的小说里，去慢慢地验证这一感觉……

3

　　为接受采访，进行了一个星期的练习后，光的说话方式有了显著改进。到了星期一，光接电话时的声调都变得彬彬有礼了。这个电话是一直关照光的精神科K医生打来的，他说现在来日本工作的外国人越来越多，因文化差异而导致的心理问题来医院求治或咨询的人日渐增多，这成了心理医生面临的一个紧迫问题。现在已经成立了一个学会，专门研究这个课题，所以，他问我能否从作家的角度，来学会讲点什么。

　　我缺乏这方面的专业知识，也缺乏经验，但有机会接触到研究这些问题的人，觉得很难得。于是我回答说："我打算做好文学这方面相关的准备之后，再去学会讲演吧。"接下来，K医生显得比正题更感兴趣似的说道：

　　"没想到是光来接电话，他现在说得很不错啊！"

　　后来，我陪着光到他的医院去复诊取药时，他再次称赞光说话比以前清晰了。

不久以前，就是第一个季度的人事变动时，光所在的残疾人职业培训福利院公布了明年几个老师的变动情况。据妻子说，她带光去医院的时候，K医生每个月都要问光是否发病，发病状态如何之类的问题。那天，光回答了医生的问题以后，好像还想要说什么，在妻子的鼓励下，光说出了完全出乎她意料的话。

"从下个月开始，就是四月，以后也能继续下去吗？"

继续什么？最关键的部分没说，光平时说话经常是这样。当然，光也一直在思考"做什么""是什么"这样重要的问题。应该说，这个主题一直处于他心中最主要的位置，所以，他才觉得没有必要把它再说出来。

光的这种说话方式，只有与他有心灵默契的人例如他的妈妈听了，才能迅速准确地理解他的意思。其实，在双方都互相了解谈话背景的情况下，这样省略的谈话方式，可以大大节省时间和精力。从文学理论角度来说，有人把它称为"肯尼斯·伯克[1]式的战略性文体化语言"。例如："你是油豆腐吗？"（意即：你是要油豆腐面吗？）、"不。我是炸粉团。她是炸虾。"（意即：我要炸粉团面。她要炸虾面。）

只不过，光和谈话对象之间没有形成基于某种规则的文体化的共同战略基础，却采用了省略，于是就出现了问题。

在这种情况下，光的陪伴者即妻子或者我，一般就要从旁"插嘴"，向对方说明光脑子里的"战略"是什么。听了我们的解释，光往往比对方还要满意地直点头。例如在回答K医生的问题时，这样做可以使光回答的内容得到充实，有效地提高对话效率。可是，我和妻子这么做，是否会妨碍他为了提高自己的语言表达能力所必需付出的劳作（林达夫[2]对法语travail一词的译法）呢？

这个问题说明，我们自以为早已克服了的作

---

[1] 肯尼斯·伯克（1897—1993），美国新修辞学的代表人物。
[2] 林达夫（1896—1984），日本思想家、评论家。著述遍及西洋精神史、文化史、文明史等方面。

为父母的面子，其实还潜藏在我们的心里。在麦克风面前，我们和光都想要尽量说得标准正确。当光没有找到恰当的词语表达时，我们都耐心地等待着，鼓励他自己来填补讲话里缺少的"是什么""做什么"这些重要部分。这样的录音，使我们仿佛看见光内心深处沉睡的语言能力开始苏醒，有了新的成长。

4

为纪念光的新CD出版，其中一项重要活动就是在广岛举办音乐会，这场音乐会的主要听众是家有残疾儿童的父母们。我想在音乐会开始以前，将五十年前发生在广岛的那一场悲剧，讲给光听。而且仍然采取用麦克风采访的方式，我自己也用贯彻始终的郑重语调说话，然后让光用自己的方式来表达感受和想法，并把我们的这些对话录制下来。

光天生脑部异常，他在六月出生，七个星期后，我去广岛采访，原子病医院的医生和患者的人生态度给予我巨大的影响。当时，我觉得自己的孩子已经没有存活的希望了，怀着黯淡的心情，在广岛的河里放漂写有光名字的灯笼。那么，我是如何振作起精神，获得了文学上的新生，并为了光的康复而开始一系列具体活动的呢？我觉得目前还无法用使自己和别人都信服的语言表述出来，在回答外国记者提问的时候，更是这样。

于是，我打算利用采访之机，练习用光能够理解的语言，讲述在广岛的日子里自己身上发生的变化。那个时候，与其说是为了训练光说话，不如说是为了探讨自己的"声音的表情"才这么做的吧！

哭诉的灵魂

1

光的新CD《大江光再接再厉》（COCO78161）的录制是在北海道完成的，因为当时东京进入了梅雨季节，乐器容易受潮。录音那天，我应任某大学领导职务的朋友之邀，要去那里讲演，所以妻子先陪着光和音乐家们一起出发去旭川。

光异常兴奋，同时又异常紧张，这种时候光最容易癫痫病发作，这是我们全家人的经验。尽管这种担心缺乏足够的医学根据，但这次旅行中，光确实癫痫病发作了，相当于中度或轻度的。当天晚些时候，我从妻子打来的电话里知道了这个情况。

幸运的是，在光从发病到恢复过来的这一过

程中，除了主治医生外，与光同行的都是一些非常值得信赖的人。妻子自不必说，其他的人是：从录制第一张CD开始就成为我们一家人的朋友、尤其受到光深深爱戴的长笛演奏家小泉先生，钢琴演奏家海老女士，还有新朋友小提琴演奏家加藤女士以及其他录制人员。

我是在观看光的CD制作时，才第一次与录音师这类人有了交往。我觉得他们都是一些很特别的人。他们具有工程师的双手和头脑，同时又具有艺术家的耳朵。这种类型的人拥有一颗温柔而又深沉的心灵。他们使我不禁想起了给光进行过治疗的几位医生。

在光发病恢复后的一个休息日，大家一起去爬雪山时，光受到了这些录音师细致入微的关照。录音最后一天，我终于赶到了旭川。我看见光正在监控室里一边听演奏录音，一边看着演奏画面核对乐谱，他身上已经完全没有了发过病的痕迹。下面我把为发行这张CD写的文章转抄一下。

2

在旭川宽敞漂亮的大雪水晶大厅里，我们一家人第一次听到了小提琴演奏的光的《夜之随想曲》《如歌的行板》。一家人中只有我有些茫然，因为我听到的是宛如灵魂在哭诉般的音乐……

当然，这些曲子都是富有表现力的优美音乐，但是，由于我长期从事小说创作，所以在听音乐时，也会不自觉地将它置换成文学语言来理解，因此仿佛从中听到了忧郁的哭诉般的声音，再加上，我是这个有智力障碍的作曲者的父亲……

我呼吸着北海道新鲜的空气思考着，这音乐的确是有着忧郁的哭诉般灵魂的人创作的。他不是婴儿，是比婴儿大的幼儿，幼儿中已有这样的灵魂存在。倘若要追根究底地探寻回响在用粗大木料建立起来的大厅空间里的旋律发自何处的话，恐怕最终只能追溯到具有忧郁的哭诉般灵魂的人……

光的第一张CD《大江光的音乐》发行的时候，接受过几次采访。一些女记者、女播音员总是会善意地提出这样一个问题："光以这样的形式成为世人皆知的人物，对他本人来说是不是件好事呢？"

坦率地说，我一直不太明白这个问题的意思，所以直到后来还会不时地想起。为配合CD发行而举办的演奏会谢幕时，观众报以热烈的掌声，光作为作曲者走上舞台对大家的支持表示了感谢，他那高兴的样子是发自内心的。后来，看电视的时候，当他发现自己的曲子出现在了电视剧里时，也露出了惊喜的表情，并挨个地瞧着家人的脸。光的CD听众寄来了许多表达听后感和鼓励的信函，光把它们都装进大信封里，珍藏在自己的床底下……

不过我认为，这一切并没有使光改变自己的生活态度，更别说改变他的性格以及与人相处的方式了。无论是对家里人，还是对职业培训福利院的老师和同学，以及对几个月去复诊一次的脑神经科的医生，都是如此。有时候我甚至想，光会不会连自己发行过CD都已经忘记了呢？

不过，光确实也有变化，这点滴变化可以从他为第二张CD创作新曲时的新的表情上看出来。实际上，光是被第一张CD发行带给他的音乐感受推到音乐前面去的。他最感慨的是自己作的曲子，在优秀的演奏家们手中变成了现实的声音。相比之下，光为发行第二张CD所付出的发自内心的努力，则使他进一步加深了作曲的力度，在技法上也增添了韧性。我感觉光的音乐表现力有了明显的提高。

这一提高最极端的体现就是那宛如忧郁灵魂哭诉般的声音。从一开始，"悲伤"就是光创作的主题，而且，随着音乐表现力的增长，这悲伤被赤裸裸、活生生地揭示了出来，更确切地说，这正是光的悲伤使然吧！

3

　　小时候,我怎么也弄不明白"深思熟虑""深谋远虑"这些词的意思,曾为此暗自苦恼过。原因之一是,当我遇到什么新问题,或者必须做出决断的时候,思考对于我来说,就如同脑子里闪过一道光,瞬间就能完成。换句话说,我考虑问题就像条件反射一样的迅速。

　　虽然在现实生活中,我会隐约感觉这个人"深思熟虑",那个人"深谋远虑",但由于不懂得在与人交往中如何才能"深谋远虑",所以也为此伤过脑筋。

　　自从靠写小说为生后,我开始理解了,一方面是从理论上,但更多是通过经验理解的。其实对于小说家来说,所谓深谋远虑、深思熟虑,是在创作过程中才能做到的。要慢慢地不停地写作,还要反复地修改。只有这样写作的时候,自己才是真正地在思考,或许还能思考出别人从未想到过的新东西……就是这样形成了自己的思想。

　　光好像很难用语言来思考,他能够条件反射地做出"这个好""那个对"的判断,但是,他不能具体说明自己为什么做出这种选择。也就是说,他恐怕不能用语言来思考吧?

　　但是,光喜欢音乐,除了睡觉,他几乎时时刻刻都在听音乐。于是我们请人教他音乐创作的基本方法,他逐渐学会了用音符来记录自己内心的音乐,也学会了通过音乐来思考,通过音乐深思熟虑。

　　最初,只要给光五线谱纸和铅笔,他就会马上开始记录自己的音乐。他能把脑子里的音乐在五线谱上写出来,这一串串和音形成的乐曲显然体现了光的思考过程。

　　对于光来说,五线谱纸是多么重要啊!这次去北海道时,我和光坐在旭川与富良野之间的开阔高原的玉米地里聊起来。我问光:"你今后、将来,想做什么呢?"(沉默)"是继续写曲子吗?"

等了好半天，我听到他回答："还剩下几张纸？"

光在创作收录于第二张CD的几首曲子时，我们经常看见他虽然对着五线谱纸，铅笔却朝上拿着，在那儿沉思默想。有时妻子劝他说："想不出来的话，今天就不要写了，休息一会儿吧！"可是，光不明白母亲为什么这么说，反问道："为什么？"这表明，对着五线谱纸表情平静而又投入时，正是光最充实的时候。

光就是这样通过音乐的创作深入地思考自己的内心世界，其收获便是这次发行的CD，其作曲技巧比第一张CD要复杂得多。我再一次重复前面讲过的话，音乐创作力度的深化和技法的打磨，使得作曲者的悲伤更加强烈、更加赤裸裸地展示了出来。而且，我听了小泉浩先生、海老彰子女士、加藤知子女士共同演奏的光的曲子，明显感觉到光内心充满了幸福。

无论是悲伤还是痛苦，凡是拥有能够使

人深入内心去探求的力量，并且去表现这种力量，就会使人走出悲伤和痛苦，即便是一个有着智力障碍和天真无邪的灵魂的人。

我们一家人又一次深刻地感受到了音乐所具有的不可思议的力量。对于我自身来说，可以说成是艺术的力量。就在光为完成这一盘新的CD而努力创作和修改润色的时候，我正在他旁边创作打算作为自己小说家生涯总结的最后一部长篇小说。这部小说的初稿恰好与光的乐谱同时完成。现在回想起来，我们俩不正是为了表现一个共同的主题创作至今吗？而在我们俩人之间，更直接受到了对方鼓舞的，显然是我。

4

录音结束后的第二天，我们和电视摄制组一起去了富良野。妻子打算写生花草和风景，我的目的只是想看看北海道特有的树木，光就更加放松了。连绵起伏的高原上，栽种着望不到边的马铃薯、玉米和甜菜。我们三个人走在田间的小路上，不由得感慨起来，真是好久都没有这样悠然自在地享受时光了。

这几个月来妻子格外忙碌。光第一张CD出版的时候，由于我们已经自费出版了乐谱，所以只要请演奏家选择合适的曲子录音就行了。但这一次，尽管曲子并非都是新作，可仍需要进行修改定稿等，在我们外行看来，觉得极其复杂，有着许多需要投入很大精力的步骤。

田村久美子女士和演奏家小泉浩先生，以及作曲家光共同努力来修改曲子，妻子也经常出现在现场。她的工作，广义上说，大致相当于制片人吧。光和母亲一天到晚在一起，经常可以看到他们俩就曲子不停地交换意见。对于别人提出的修改曲子某个细节的意见，光能够立刻做出准确的判断，至于为什么这么修改以及修改后要达到什么效果，光就表达不清楚了，这就需要由妻子问明光的想法后，等下一次乐谱讨论会，向大家说明。

头绪本来就够多了，又要加上拍摄电视纪录片以及筹备夏天在广岛举办的音乐会，等等，妻子更是忙得团团转,身心疲惫不堪。在接连几天紧张的录音之后,能这么放松一天,妻子便充分享受起写生小麦、采集本州少见的野花的乐趣来。

妻子十八九岁的时候,我就认识她了,但是对她的性格,或者说是对她的品格,我仍然有种新鲜感,就像第一次见面时那样。尽管这只是我一直埋头创作长篇小说、难得放松一天得来的感想……

人到了这个年纪——明年春天我就六十岁了,前面已经说过,我现在正全力以赴地创作作为我小说生涯总结的最后一部长篇小说,因此,脑子里自然而然地浮现出下面这样的感慨。

这样和光共同度过我们的人生,是我和妻子年轻时始料未及的事情。在我迄今为止的人生中,我和妻子克服了算得上是生活中遭遇的最大困难,而现在也并不是只剩下回忆,潜在的问题依然会随时暴露出来,它已经构成了我们夫妻人生中的紧张与喜悦的主旋律。

以怎样的方式才能对这种人生际遇的得失做出评价呢?我认为,只能说"这就是人生"。能不能说这是好事，是幸运呢？我说不好。但毫无疑问，不能说，或者决不打算说这是坏事，是厄运。不过，我也认为，决不能单纯地说这就是好事，因为困难仍然存在着。

这会儿，我们夫妻和残疾儿子正享受着惬意而充实的午后时光。我在这一天才第一次知道了，收入光的新CD里的最优美的音乐，同时也是忧郁灵魂的哭喊声……

我虽然写了三十五年小说，但还是无法对自己的人生作出整体的评价。我在新CD盘的解说中写了"音乐这种艺术令我感觉不可思议"，而且我还全身心地感觉到人生的不可思议。这么说或许太平实，可也只能这么说。作为还处于创作期的小说家，我深深感到不可思议的人生具有难以理清的多义性。

一切都完了

1

电视台播放了今年五月至八月间拍摄的我们一家围绕着光的生活纪录片。我和妻子从电视屏幕上发现了我们生活中的几样新东西，也反映出了我和光之间一些以前没有注意到的方面。

我陪着光去广岛参加音乐会的时候，特意带他参观了原子弹轰炸资料馆。快要走进再现遭到轰炸的市内废墟以及伤亡者惨状的展厅时，光表现出从未有过的胆怯和恐惧。我不停地鼓励他勇敢地走进去。参观完资料馆出来，光和我都感觉很累，就坐在走廊窗边的椅子上休息。过了一会儿，我对光说："你对刚才看的展览，怎么想的，说说看。"

光低着头,很用力地回答:"すべてだめでした。"[1] 他说话的口气像是在感叹,又像是在责难。

我看了好几遍这个镜头的录像后,有种奇怪的感觉。光虽然在选词和语法上会有稍许不无幽默的错位,但是平时他对于发音、发声的要求很严格,从来没有含糊不清过,而这句话却是"すべてだめでした",其中的"し"这个音听起来介乎し[2]和す[3]之间。

从光当时的心情来推想的话,他想说的是"すべてだめです"[4]。在他的心里已经酝酿了一定程度的情感——因为从今年初夏开始,我就陆续找来有关原子弹轰炸的各种照片和绘画给他看,加上这次在展厅里的所见所闻,以及傍晚时分,我们凝视着广岛暮色中渐渐清晰起来的祭灵塔里燃烧着的红色火苗,所以他才说出"すべてだめです"这句话的吧!

---

1 意思是:一切都完了。
2 中文发音是xi。
3 中文发音是si。
4 "一切都完了"的现在时,即已经成为过去的事。

但是,大概光又觉得这一切也包括正坐在自己身边、尽管无精打采、神情忧郁,却还在尽量愉快地跟自己说话的父亲在内,所以光说这句话的时候又犹豫了一下。于是,他又使用了过去时,大概他是想表达"带自己到展厅里来的父亲也曾经是'完了'的事物之一,但现在他不这么认为了"的意思吧,所以说"すべてだめでした"。

电视纪录片播放以后,我们收到许多人写来的鼓励光的信件,报纸上也刊登了一些友善的评论。不久,一家周刊杂志发表了以下内容的电视评论。"我对于让残疾孩子拍电视片感觉不舒服,如果我是残疾孩子的母亲,绝对不会拍的,尤其是孩子发病的镜头。"

这篇文章一方面对癫痫病抱有偏见,一方面自以为是地宣称什么"如果我是残疾孩子的母亲",等等。如果她真是残疾孩子的母亲的话,那么,长期经受痛苦和战胜痛苦的过程也会改变她的,至少会使她的铁石心肠变得不那么冷硬。我和妻子、光本人以及他的弟弟妹妹所持有的生活态度和思维方式,与这种歧视受癫痫病痛苦折磨的孩子及其父母的人是根本不同的。我在写这样的康复的家庭时,越来越强烈地感受到这一点。

2

光的新CD《大江光再接再厉》于去年秋天面世,为配合宣传还举办了音乐会。一个雨夜后的早晨,我发现邮箱旁边湿漉漉的地上扔着两张沾了泥的明信片。明信片是为纪念光的CD发行而特制的,用于赠送记者等。图案是司修先生画的秧鸡背景及光的乐谱手稿。这两张明信片中,一张上面有字,是用文字处理机打印出来的,没有署名;另一张是空白的。明信片不是邮寄来的,也不大可能是送来的,因为昨天夜里下雨,谁会深更半夜大老远地冒着雨专程来送明信片呢?所以我估计是住在附近的人写的。

> 如果大江光不是大江健三郎的儿子,那么,他有可能在著名的"三得利音乐厅"举办自己的音乐会吗?他有可能出版发行CD吗?他有可能得到日本一流的演奏家们(尽

管和国际水平距离甚远）的协助吗？

正如童话故事《皇帝的新装》告诉我们的那样，没有真正能耐的人得到了人们出于"社会福利的善意"的同情和支持，真是幸运之至。

您应该知道，有多少具有真才实学的作曲家因为总也得不到社会的承认而被"埋没"。

请您务必了解许多音乐行家对大江光的作品是怎样评价的。

"三得利音乐厅"，您还打算去吗？

音乐会开始之前，我讲了话。下面摘录其中一些主要内容。

今天各位听到的曲子是我儿子光创作的。光是一个既没有流过泪，也没有做过梦的人。其实小孩子就算不做梦，身体健康的孩子的家人，恐怕也不会把这件事放在心上吧。可是，我和妻子总觉得孩子缺少了什么非常重要的东西，于是想办法教孩子做梦……我们对他说："你晚上吃完药就钻进被窝里睡觉了吧？然后，你有没有看到一只袋鼠卧在你的床边，用前肢抓起你的手，闻你的气味啊？这就是在做梦啊！"光听了，不高兴地一扭头说："这一带根本就没有袋鼠！"

光与梦是互不相干的，我和妻子都为此感到难过。但是，《大江光再接再厉》里却收录了一首题名为《梦》的曲子，而且是光自己起的曲名。

难道说光能做梦了吗？还是说这是他想象着父母经常对他讲起的梦，在脑子里浮现出来的乐曲呢？即使让光来回答，可能他也说不清楚。然而，他创作了《梦》这首曲子却是千真万确的。我们都为他感到高兴。

当我倾听小提琴和钢琴演奏这首曲子时，被一种新的感受攫住了，因为我从中听到了犹如灵魂哭诉般的音乐，或者说听到了忧郁的灵魂哭诉般的声音更贴切。难道是光做了这样的梦吗？如果光仍然没有做梦，那么这就是他所想象的梦吗？这听似忧郁灵魂哭喊般的声音来自何处？不言而喻，这声音肯定是来自光的内心深处。我甚至觉得这张新CD里的所有曲子仿佛都带有这样的声音。

于是，我联想到光第一张闪烁着朴素感情的CD。这两张CD之间有着什么样的关联呢？我认为它们肯定是有关联的，而且后者比前者更加深刻。经过仔细观察，我感觉自己接触到了光为思考怎样深入表现艺术、深入表现人生方面而经历的过程。

无论音乐还是文学，从事艺术创作就是为了赋予混沌状态以秩序，就是为了给暧昧模糊的不定性之物以形状。年轻艺术家的创作之所以给人以新鲜感，就是因为我们对他们最初的表现形式还看不习惯，就如同遇到一个全新的人。拿光来说，他的第一张CD《大江光的音乐》就具有这样的新鲜感。人不同于动物之处在于，人在完成了最初的形式后，必定还要在此基础上继续向前迈进，或是锦上添花，或是推陈出新。人创造艺术，作为艺术家而生存，就必须接受这样的命运。

光也是这样进一步深化了自己的音乐，才终于创作出《大江光再接再厉》。他自己也在反复地听《大江光的音乐》，来进行自我教育，从而使得他的创作技法更加多样，想象力更加丰富。在他起步时，必须具备最初的音乐形式，然后通过对形式的不断创新，来深化自己的音乐。我想，他虽然没有用语言表述过这方面的经验，但是，新的CD就是其深化的具体表现，在创作的过程中，光也获得了丰富的人生体验。

但是，音乐的深化，对于光来说，必将触及他内心深处巨大的悲哀。哭喊的灵魂之音，不就是要冲破被堵塞的出口的呼喊声吗？尽管光这两张CD中表现出来的自身体验只是单一的类型，但这单一的类型里也存在着思考艺术普遍性的线索。

作为一般艺术的例子，说说我的小说吧。我生在四国森林环绕的山村里。如果我不是在高中时读了渡边一夫这位法国文学研究专家的著作，就不会想要跟着他学习，也不会到东京来。大概会在村里的森林工会工作，像父母以及祖辈们那样，在家乡度过一生。然而，我上了大学，学习法国文学，走上了写作之路。我发表在《东京大学新闻》上的一篇短篇小说是我的处女作。小说发表以后，我必须认真地重新审读它，甚至可以说，这三十七年来，我就是在以这个短篇的表现形式为基础的不断积累、不断加以创新之中度过的。在这个过程中，我发现自己内心潜藏着比光更加阴暗复杂的悲伤和痛苦。遍观自己所写的东西，不由得惊诧不已，我发觉自己的一生几乎全都耗费在表现这些阴暗的东西上了。难道自己就是为了做这些事，而离开祖祖辈辈和睦生活的山村的吗？现在，当我全力完成为自己的文学创作做出总结的最后一部小说时，无时无刻不在扪心自问着。

　　但是，当我听了光的这张音乐CD以后，明白了自己这一生看似无意义的工作的意义。这意义就是，不论悲伤还是痛苦，一旦以一种形式表现出来，就不能不执着地追求下去。像光这样有智力障碍的、心灵纯洁的残疾人，也能通过音乐这种形式表现自己。

通过光的音乐，我还感觉到，这表现本身具有使他康复的力量，具有治疗他心灵的力量。而且，不仅表现者本人，对于接受他的表现的人们来说，不也是同样的吗？我的意思是说，这就是艺术的不可思议性。正是经由自己创作的音乐或者文学，人不得不进入自身灵魂的最深处，在体味这种不幸的同时，也感受到由于这种表现行为使自身得到救治、获得康复的不可思议性——这也可以说是幸福。这两种感受的不断重复，不断积累，成就了表现者艺术的深化。我认为这也是人生的深化，而且，我再重复一遍，对于接受艺术的人们来说，难道不也是如此吗？

从光三十一年的人生来说，小时候他只是专注地倾听野鸟的叫声，度过了他最幸福的时光。后来他逐渐开始听人创作的音乐，在母亲的熏陶和优秀老师的指导下，他开始学习音乐并且自己作曲,而且有幸得到了出色的演奏家们的鼓舞,出版了第一张CD。在无数次倾听了自己的CD后,他内心萌生了在原先形式基础上进一步创新的冲动。经过多次的创作实践,终于创作出了《梦》《夜之随想曲》等犹如忧郁灵魂哭诉般的曲子。然而在我听来,这些音乐都无比的清澈动听。由此可知,光通过音乐创作发现了自己内心埋藏的巨大悲哀,这悲哀也同时得到了治愈。我想,这是光的音乐,也是光的人生。

光不太说话,实际上,他对于音乐以外的事情几乎是一无所知。他每天去世田谷区的残疾人职业培训福利院工作,和那里的老师、同伴也相处得很愉快。但是,光对音乐具有经过良好训练培养起来的注意力,这不仅来自他母亲和老师的训练,也是他二十多年来,每天不间断地听FM和唱片、自我训练的结果。

说到这种注意力,法国女哲学家西蒙娜·薇依(1909—1943)在谈及"怎样才能把研究学问、学习和爱上帝结合起来"的问题时说："关键是，祈祷时一定要倾注自己的注意力，要倾注灵魂所具有的最大注意力，向上帝去祈祷。"我看到光对音乐倾注最大的注意力时，感到薇依说的是千真万确的。对光谈论上帝、信仰，或许比谈做梦更难。不过，光似乎也惧怕死亡。我常想，如果他能够通过对音乐的注意力理解什么是祈祷，该有多好啊。

在同一篇文章里，薇依还谈到了"圣杯传说"中的一个故事。国王受了伤而痛苦不堪，却依然守护着圣杯，只有第一个走近国王、并向国王关切地问道"您很痛苦吗"的骑士才有资格接受圣杯。我认为，像这样关切地询问光这个残疾人的痛苦与不幸的人们，"能够伸出救援之手拯救他的人们"，都给予了我们极大的帮助，而首先要提到的就是参加这场音乐会的演奏家们……

我深切地感受到，这些人是在各自不同的领域中真正具有注意力的人。此外，今天在这个座无虚席的宏大音乐厅里的所有来宾，不正是询问"您很痛苦吗"的人们吗？现在，不正在向光关切地询问吗？希望光的音乐能够回应你们的询问。

3

我讲完话后，紧接着音乐会就开始了。观众在欣赏了优美的音乐之后，报以长时间的热烈掌声。在演奏家们的邀请下，光走上舞台。光在母亲的陪同下，沿着观众席中间的通道，慢慢走向舞台。以往这种时候都是我陪着光上台，但是从三得利大厅这次演出开始，我就让妻子代劳了。光的身体比母亲强壮，看得出他一心想要护卫着母亲上台。光比在我的搀扶下更顺利地和母亲一起走上了明亮的舞台。我坐在昏暗的座位上，仿佛眺望着将来光与母亲两个人共度人生时的情景，一种平静的成就感油然而生。

一切都完了